GOBLIN SLAYER!
蝸牛くも
Kumo Kagyu
插畫／神奈月昇
哥布林殺手
GOBLIN SLAYER!
He does not let anyone roll the dice.
U0028936

哥布林殺手
GOBLIN SLAYER
He does not let anyone roll the dice.

「專殺小鬼之人。」
Goblin Slayer

「請問，你是……？」

「辛苦了！您還好嗎？有沒有受傷？」

「沒有問題。」

Priestess
女神官
「保護、治癒、拯救」
——地母神的三聖言
Goblin Slayer
哥布林殺手
「換言之，我等於是對他們而言的哥布林。」
Guild Girl
櫃檯小姐
沒有筆也沒有紙，
又怎麼有辦法冒險？
Cow Girl
牧牛妹
無論什麼時候，對她而言最重要的，
都是天氣、家畜、農作物，還有他。

Lizard Priest

蜥蜴僧侶

「龍是不會逃避的。」

Goblin Slayer

He does not let anyone roll the dice.

CHARACTER PROFILE

哥布林殺手

人物介紹

Contents

GOBLIN SLAYER!
He does not let anyone roll the dice.

很久很久以前，星光遠比現在更少的時候。

光明、秩序與宿命的諸神，與黑暗、混沌與偶然的諸神，哪一方會支配世界？

他們決定不互毆，而是以骰子決勝負。

諸神一次又一次，一次又一次，擲骰子擲得天昏地暗。

然而始終有輸有贏，無論比了多久，就是分不出勝敗。

很快的，諸神對只擲骰子已經膩了。

於是他們創造了各式各樣的活物，以及他們居住的世界，做為棋子與棋盤。

凡人、森人、礦人、蜥蜴人、哥布林、巨魔、巨人、惡魔。

他們進行冒險，有時獲勝，有時落敗，有時找到寶物，有時找到幸福，逐一死去。

就在這個時候，一名冒險者出現了。

想必他不會拯救世界。

想必他無法改變什麼。

因為他，終究也只是個隨處可見的棋子——……

第1章 『某批冒險者的結局』

他打完一場令人作嘔的仗，蹂躪著這些已經殺死的哥布林屍體。

穿戴髒汙鐵盔、皮鎧與鍊甲的全身，都被怪物的血染成深黑色。

左手綁著用了多年而滿是傷痕的小盾，握著通紅燃燒的火把。

空出來的右手，從牢牢踏住的屍骨頭蓋，隨手拔出插在其上的劍。

一把沾滿了黏膩腦漿，未免太要長不長、要短不短，款式廉價的長劍。

少女肩膀被箭射穿，癱坐在地上，苗條的身軀因害怕而發抖。

她有著一頭黃金色的透亮長髮，纖細的面孔清純可人，如今卻在淚水與汗水中皺成一團。

覆蓋在嬌小身軀與纖瘦手腳上的，是顯示她神官身分的聖袍。

握住錫杖的手頻頻顫抖。

——眼前這個人，是何方神聖？

想著想著，甚至覺得這個人也許就像哥布林，再不然就是一種更加來路不明的怪物。

Goblin Slayer

He does not let anyone roll the dice.

他的模樣，散發出來的氛圍，以及言行舉止，就是如此異樣。

「……請、請問，你是……？」

少女忍著恐懼與疼痛，出聲詢問對方身分。

而他回答了。

「專殺小鬼之人（Goblin Slayer）。」

——不是殺龍或吸血鬼，而是最弱的怪物。專殺小鬼，的人。

換做在平時聽到這個滑稽的名號，幾乎會令人忍不住發笑，但現在的她卻絲毫沒有這樣的念頭。

§

常有的事。

對於在神殿長大的孤兒來說，十五歲生日就意味著成年，意味著非得選擇自己未來要走什麼路。

是要繼續留在神殿侍奉神，抑或離開神殿，在俗世中活下去。

女神官選擇後者，為此她採取的手段，就是來到冒險者公會。

冒險者公會——據說從前是由一群聚集在酒館裡的人，為了支援勇者而創辦的。

冒險者公會和其他的職業公會不同，不像是互助會，比較像是工作仲介站。

在這場無止盡的「有言語者」和怪物之間的戰爭裡，冒險者擔任的角色就像是傭兵。

如果不是經過妥善的管裡，又如何能夠允許這些武裝遊民存在呢？

這棟分部蓋在進了鎮門後沒幾步遠處，女神官的目光受到這壯麗的建築吸引，先停下了腳步。

接著她走進大廳，看見明明還一大早，現場就已經被許多冒險者擠得水洩不通，又嚇了一跳。

一棟像是將大型的旅店與酒館——雖然這兩者往往不做區分——再加上公所組合而成的設施。

實際上這裡也的確是由這三種功能組成，理所當然會有這樣的結果。

有身穿鎧甲的凡人(Hume)，也有拿著魔杖、穿著厚實外套的森人(Elf)施法者。

另一邊有帶著斧頭、留著大鬍子的礦人(Dwarf)，另外還看得到小個子的草原民族圃人(Rare)（註1）。

這些武裝、種族與年齡都五花八門的男女，各自三五成群地談笑，女神官就從他

註1　讀法由英文之野兔（Hare）轉化而來，為原作者創義。

們之間穿越而過，走向櫃檯。

也不知道這些人是來接委託、來報告還是來委託的，只見櫃檯前面大排長龍。

「那，山嶺上的蠍獅（Manticore）好不好賺？」

「也沒那麼好賺。從實際進帳來看，還是去翻遺跡之類的比較好。」

「也是啦，你說得對。可是只翻遺跡，又不能算成貢獻啊。」

「說到這個，聽說都城那邊最近有些魔神還是什麼的出現，正是好賺的時候呢。」

「如果是低階的惡魔，姑且還有辦法搞定啦。」

扛著槍的冒險者，與穿著厚重鎧甲的冒險者在閒聊。

他們的談話內容是女神官作夢也沒想到的，讓她緊接著又第三度吃驚，滿懷決心地將錫杖往身前抱攏。

「……以後我也……」

她很清楚冒險者這個職業，並不如大家說得那麼輕鬆。

這些年來她親眼看過無數受了傷，來到神殿尋求治癒神蹟的冒險者。

但地母神的教義，就是要給予受傷的人們治療。

她又如何能厭惡為此犯險的行為？

自己是蒙神殿拯救的孤兒，所以這次輪到自己報恩了……

「您好，請問今天有什麼事呢？」

想著想著，排隊人潮已經消化，輪到了女神官。

負責接洽的櫃檯小姐，是個有著柔和表情，比她年長的女性。

她將充滿清潔感的制服穿得整整齊齊，把淺咖啡色的頭髮編成辮子垂下來。

雖說是冒險者公會的櫃檯小姐，只要看看這大廳，一眼就能明白這項工作有多麼繁忙。

但她並未散發出才女特有的緊繃氣氛，證明她明白自己的工作是什麼。

女神官覺得緊張稍稍得到舒緩，吞了吞口水。

「呃，我是想成為……冒險者。」

「這樣、啊。」

儘管外表給人的印象俐落，這位櫃檯小姐卻有一瞬間露出難以言喻的神情，欲言又止。

女神官察覺到對方的視線從她的臉移往身體，不禁有些難為情，忍不住低下頭。

雖然這種感覺也因為櫃檯小姐立刻換上一張盈盈笑臉，而逐漸淡去。

「我明白了。那麼請問您會讀寫文字嗎？」

「呃，會。因為在神殿學過……多少會一些。」

「那麼就麻煩您填寫這些資料。如果有不明白的地方，請儘管問我。」

Adventure sheet

那是張冒險記錄單。燙金的文字躍然於淺咖啡色的羊皮紙上。

姓名、性別、年齡、職業、髮色、瞳色、體格、技能、法術、神蹟……

須填寫的事項非常簡要，甚至令她忍不住懷疑只填這些真的可以嗎。

「啊，能耐分數和冒險履歷欄位請空下來喔，因為那邊要由我們來審核。」

「我、我明白了。」

女神官點點頭，用緊張得發抖的手拿起筆，泡進墨水瓶裡，寫下一板一眼的文字。

她把填好的記錄單遞出去，櫃檯小姐逐一點頭查閱，拿起一枝銀尖筆。

她用這隻筆，在一塊白瓷製的牌子上，刻下筆觸柔美的文字。

女神官朝對方遞出的這塊牌子一看，發現上面用細小的文字，記下了與冒險記錄單同樣的內容。

「雖然兼作身分證明，但這就算是所謂的能力審核（Status）。」

說完她又慧黠地補上一句：說實在的，上面也只看得出從外表就能判別的事情。

看到女神官連連眨眼，櫃檯小姐嘻嘻一笑。

「遇到什麼萬一時，還會用來比對身分，所以不要弄丟了。」

──遇到什麼萬一時？

對方加重語氣吩咐的這句話，讓女神官一瞬間冒出問號，但隨即想通。

非得比對身分不可的時候，也就是死狀悽慘得令人不忍再看第二眼的時候。

女神官心想，但願自己點頭答應時的聲音並未顫抖。

「不過，原來這麼簡單就能當上冒險者呢……」

「也是啦，只求當上，的確是很簡單——」

櫃檯小姐表情曖昧。女神官分辨不出她是在擔心，還是已經看開。

「若要晉級，就必須針對打倒的怪物、社會貢獻度以及人格進行審查。這點可就相當嚴格囉？」

「人格審查？」

「偶爾就是會有這樣的人嘛。那種覺得『我很強所以全都交給我來解決就好！』的傢伙。」

雖然也有另一種怪人就是了——櫃檯小姐低聲說出這句話時，表情忽然放鬆下來。

那是一種非常柔和、彷彿感到懷念且溫暖的微笑，令女神官產生某個想法。

——原來她也會有這樣的表情啊。

櫃檯小姐注意到自己被她觀察，趕緊清了清嗓子。

「委託都貼在那邊，基本選法就是照自己的等級來挑……」

她說著指向的，是一塊嵌在牆上的巨大軟木板。

儘管因為被待到剛才的大批冒險者看過、扯下取走，讓軟木板上釘的紙張變得十分稀疏……

但會需要這麼大一塊告示板，應該就表示委託數量真的有這麼多。

「只是，我個人推薦先從清理下水道或水溝慢慢習慣。」

「？所謂的冒險者，不是應該要跟怪物戰鬥嗎……？」

「獵殺巨大老鼠（Giant Rat）也是不折不扣的斬妖除魔，一樣能為社會做出貢獻喔。」

況且若要找新人也能處理的委託，剩下的就只有剿滅哥布林了。

櫃檯小姐喃喃說到這，表情中仍散發出一股欲言又止的氣氛。

「那麼，這樣就註冊完畢了。我謹在此祈禱您日後的活躍。」

「啊，好的，謝謝妳。」

女神官一鞠躬，離開了櫃檯。她放下掛在脖子上的白瓷識別牌，鬆了口氣。

總之既然註冊完畢，代表她就這麼不費吹灰之力地成為了冒險者。

——接下來，該怎麼辦呢？

要說有什麼家當，也就只有手上這把兼作聖印的錫杖、包含換洗衣物在內的一些行李，以及少許金子。

聽說公會二樓，設有供低階冒險者使用的住宿設施。

那麼，先去訂個房間，今天這一天就用來看看有些什麼樣的委託吧……

「我說啊，可不可以跟我們一起來冒險？」

「咦？」

忽然找她說話的，是一名穿著全新的胸甲，綁著頭帶，腰間掛著劍的年輕人。

他和女神官一樣，脖子上掛著一塊全新的白瓷牌子。

白瓷——從最高階的白金等級算起，一共十等當中的最低等，也就意味著是才剛註冊的新人。

「妳不是神官嗎？」

「啊，呃，是。是這樣沒錯。」

「那正好。我的團隊裡沒有神職人員……」

往前一看，劍士身後有著兩名少女。

一名是綁起頭髮，身穿武鬥服，顯得很好勝的少女；另一名則是拿著手杖，以冰冷的視線看過來的眼鏡少女。

想來多半是武鬥家與魔法師吧。

劍士似乎察覺到女神官的視線：「是我的小隊。」他點頭說道。

「可是這委託很趕，至少希望能再多一個人。可以拜託妳嗎？」

「你說很趕，是指……？」

「就是剿滅哥布林！」

仔細詢問下，原來打從不知何時起，有哥布林在村子附近的洞窟住了下來。

哥布林——只能以數量取勝，是人們眼中最弱小的一種怪物。

個子和孩童差不多，力量與智慧也同等級。要說有什麼特徵，頂多也只有能在夜間視物。

除此之外則和一般怪物一樣，會做出威脅人類、攻擊村莊、擄走女子等等行動。

就算再怎麼弱小，最好還是不要去招惹怪物。

起初村民也都不予理會……但沒過多久，情況開始生變。

一開始，是為了過冬而儲備的穀物被偷走。

連種子都被搶走，讓憤怒如狂的村民們修好柵欄，開始拿起火把巡邏……

而他們輕而易舉地就被擺了一道。

那些哥布林偷走了羊，還順便把牧羊妹以及發出聲響的村女給帶走了。

事情發展到這個地步，村民當然不可能還有心思選擇手段。

村民湊足僅有的財產，來到了公會——有冒險者聚集的冒險者公會。

他們相信只要對冒險者們提出委託，一定就錯不了。

——嗯，這……

女神官聽劍士很快地說明完這一大段，以手指按住嘴脣，陷入思索。

拿剿滅哥布林做為第一次的冒險，也是常有的事。

有人邀她參加這次冒險。能夠有人來邀請她，會不會也是一種緣分呢？

她本來就不認為只憑自己一個人，什麼事情都辦得到。

神職人員單獨行動，無異於自殺行為，遲早總是要組成團隊的。

但和陌生人一同行動，還是令人很不安。

既然如此，加入主動前來邀約的人，是不是還比較能放心？

受到男性邀請，也同樣是她的第一次經驗，但既然除此之外還有兩名女性……

──那麼應該，就沒問題了吧？

「我明白了……只要幾位不嫌棄的話。」

過了一會兒，女神官坦率地點了點頭，劍士高興得喜形於色。

「真的嗎！太棒了各位，這樣一來，我們就可以出發去冒險了！」

「請問……幾位打算就四個人去，是嗎？」

櫃檯小姐看不下去而插嘴，但劍士對此似乎並未抱持疑問。

「我想，再等一下，應該就會有別的冒險者來了……」

「哥布林這種怪物，有四個人不就夠了嗎？」

劍士以令人放心的態度環顧同伴，問了一聲：「對吧！」爽朗地笑著。

「被擄走的女孩子還在等我們去拯救呢。不能再花更多時間了！」

然而，聽到劍士這麼告知後，櫃檯小姐的表情依然欲言又止……

「……」

女神官心中因此產生一絲莫名的不安，卻也是事實。

§

一陣腥臭的風呼嘯而過，令火把的火顯得無助地搖曳。

白晝的陽光，在踏進洞穴入口後被滿滿的黑暗遮住，根本照不進裡頭。

隨著火焰搖晃，粗獷的岩石影子彷彿成了壁畫上的怪物，在岩壁上蠢動。

男女合計共四名的年輕人，各自身穿簡陋裝備。

他們在深沉的黑暗中，戰戰兢兢地組成隊形前進。

打頭陣的是握著火把的劍士，接著是女武鬥家，殿後的是擔任後衛的女魔法師。

而被夾在中間的第三人，則是手持錫杖、畏畏縮縮前進的神官服少女。

提議採這個隊形的是女魔法師。

她認為只要不在中途遇到岔路，應該就不需考慮來自背後的奇襲。

只要前鋒好好扛住攻勢，身為後衛的她們就很安全，只要負責支援就好。

「……真的，不要緊嗎？」

但女神官的喃喃自語中，仍帶著濃厚的不安。

打從進入洞窟後，她的不安變得愈來愈顯著。

「我們連對手的情況都不清楚，就這麼貿然闖進來……」

「妳實在很會操心耶。不過這樣也的確很有神官的樣子啦。」

劍士那與洞窟的空洞很不搭調的爽朗嗓音，碰出回聲而漸漸消失。

「哥布林這種東西，連小孩子也知道吧？我還曾經趕跑過跑來村子裡的哥布林呢。」

「打倒哥布林根本沒什麼好得意的，別拿來說嘴，多難為情？」

何況那也不算真的打倒過吧？

女武鬥家諷刺地這麼一說，劍士就噘起嘴脣：「我又沒說錯。」

女武鬥家一副拿他沒轍，卻又有些開心地嘆了一口氣。

「也是啦，就算這個笨蛋砍漏了，我也會一拳把哥布林打飛，妳就別這麼擔心了。」

「喂喂，說笨蛋也太難聽了吧……」

劍士沮喪的臉被火把照亮，但隨即轉而悠哉地舉起劍。

「沒關係啦，憑我們的本事，就算有龍跑出來，也總會有辦法的！」

「……你還真心急。」

女魔法師輕聲這麼一說，女武鬥家就嘻嘻笑了幾聲。談笑聲在洞窟中迴盪。

這些回聲又讓女神官覺得會從黑暗中吸引某些事物過來，讓她連開口都有所遲疑。

「可是，遲早還是希望能成為屠龍者呢。你們說是不是？」

劍士與女魔法師點了點頭，女神官也默默微笑附和。

她藉由陰影，遮掩住和櫃檯小姐同樣曖昧的表情。

——真的是那樣嗎？

女神官絕口不提如此疑問，哪怕不安已經在胸中翻騰。

『憑我們的本事』。他是這麼說的。

但萍水相逢的一行人，又如何能相信彼此真有這種本事？

女神官也看得出他們不是壞人。看是看得出來，但……

「可是，還是多做一點準備比較好吧……我們連藥都沒有。」

「就算妳這麼說，我們既沒錢也沒時間去張羅啊。」

劍士對女神官發抖的嗓音也不放在心上，英勇地說了。

「而且我又很擔心被擄走的女孩子……要是她受傷了，妳應該會幫忙治療吧。」

「我的確蒙地母神賜予了治癒和光的神蹟，可是……」

「那就沒問題啦！」

只能用三次啊……女神官含糊其辭的這句話，沒有一個人聽得進去。

「自信滿滿是很好啦。不過你應該不會迷路吧？」

「喂喂，走到這裡明明都只有一條路，是要怎麼迷路啊？」

「誰知道呢。你這個人動不動就得意忘形，得時時看著才行。」

說是同鄉的劍士與武鬥家，就和先前一路走來時一樣，一團和氣地開始拌嘴。

女神官跟在他們兩人身後，輕輕用雙手抓住錫杖，口中無數次念誦地母神的名諱。

——還請保佑我們，讓這一切平安結束。

她的祈禱並未形成回音，落在黑暗中而漸漸消失。

也不知道是祈禱傳進了地母神耳中，還是她為了祈禱而仔細傾聽。

「喂，妳落後了。不要拖垮隊形。」

「啊，好的，對不起……！」

最先注意到的，果然就是女神官。

就在女神官因祈禱而被女魔法師超前，經她這麼一催而小跑步趕過她時。

只聽見輕微的喀啦一聲——像是岩石滾動的聲響。

「……！」

「又來了？這次又怎麼啦？」

見女神官全身一震停下腳步，走在最後面的女魔法師不耐煩地問起。

她以優秀的成績從都城的學院畢業並學會法術，很受不了女神官這種人。

© Noboru Kannatuki

女神官膽顫心驚、畏畏縮縮，給她的第一印象就糟透了，而進入洞窟之後又變得更糟糕。

「剛剛，好像有什麼東西崩塌的聲響……」

「哪裡傳來的？前面嗎？」

「是……後面。」

——真希望她不要太過分。

這樣根本就不是慎重，而是膽小了。對一個冒險者而言，那豈不是致命的缺陷？

因為女神官停下腳步，讓她們與走在前面的兩人已經拉開一大段距離。

他們聊得熱絡，顯然絲毫沒有察覺到異狀。

女魔法師在因為光源遠離而濃度更增的黑暗中，嘆了一口氣。

「我說妳喔，我們可是從入口就一直線走來的耶？後面怎麼可能會有什麼……」

說著女魔法師一副拿她沒轍的樣子轉過身去，冷靜的嗓音當場……

「哥布林!?」

——轉為尖叫。

岩石的確崩塌了。不，是被挖開了。

一群醜惡的怪物從岩壁上的橫坑跳出來，大舉湧向不幸待在最後排的她。

手上握著簡陋武器，有著駭人表情、個子接近孩童的——躲在洞窟的小鬼。

哥布林。

「咿、咿!?」

女魔法師喊得口吃，舉起了做為畢業證明的石榴石法杖。

她打結的舌頭能夠編織出咒語，簡直是種奇蹟。

「『沙吉塔……印夫拉瑪拉耶……拉迪烏斯』！」

她塗消刻印在腦海中的咒語，能夠竄改世界、擁有真實力量的言語從口中迸出。

一道火紅的「火焰箭」，從拳頭大的石榴石射出，命中了哥布林的臉。

傳來把肉燒焦的噁心聲響與臭味。

——解決了一隻！

確切的勝利，讓一種昂揚感隨著剽悍的笑容而生。

她**足足**能夠施展兩次法術，這帶給她莫大的自信。

「沙吉塔……印夫拉瑪拉耶……拉迪——呀!?」

但敵人遠比他們要多。

女魔法師尚未詠唱完下一次法術，細瘦的手臂就被哥布林抓住。

她甚至來不及用力抗拒，整個人就被重重摔到岩石地面上。

「啊，嗚!?」

眼鏡飛了出去，當場摔破。

她視野立刻陷入朦朧，法杖轉眼就被搶走。

「啊、啊……！還、還給我！那不是你們這種東西可以碰的……！」

法杖或戒指等魔法的發動體，是施法者的生命線，更是她的尊嚴所在。

但法杖就在歇斯底里大喊的女魔法師面前被折斷了，彷彿故意要折給她看。

女魔法師立刻表情扭曲，名為冷靜的面具已經完全被扯了下來。

「混帳……混、帳！」

她搖動豐滿的胸部，甩著沒怎麼鍛鍊過的腳瘋狂亂踢、掙扎、抗拒。

但這個舉動害了她。小鬼不耐煩了，毫不留情地將生鏽的短劍往她腹部插了下去。

「嗚啊啊啊啊……!?」

一聲五臟六腑被割開而悲痛的女子尖叫。

其他同伴……不，應該說女神官當然並未袖手旁觀。

「你、你們！離她遠一點！住手……！」

女神官用她纖瘦的手臂拚命地來回揮舞錫杖，試圖趕走哥布林。

神職人員當中，當然也有人擅長武術。

相信也有人在長期的冒險之中，練就出了像樣的力量。

但女神官的攻擊軟弱無力。

何況在恐怖驅使下莽撞揮動的武器，自然不可能有效擊中對手。

錫杖的杖頭不斷砸中岩石或地面，發出輕響。

但也不知道是幸還是不幸，這些哥布林遲疑地退開了一步。

不知道是提防她有可能是武僧，還是不想被這種雜亂無章的攻擊打中。

女神官抓準這一瞬間的空檔，把女魔法師從大群哥布林裡拖了出來。

「妳振作點……振作一點……!?」

沒有反應。她一邊呼喊一邊搖動女魔法師，手卻沾到一種黏膩的深紅色液體。

女魔法師肚子上仍然插著那把生鏽的刀刃，而且已經慘不忍睹地被割開、攪動過一番。

這幅慘狀太悽慘，讓女神官的喉嚨發出細小的深深吸氣聲。

「啊……啊……」

但她還活著。即使頻頻痙攣，仍尚未死去。

還來得及。非得來得及不可。女神官咬緊了嘴唇。

「『慈悲為懷的地母神呀，請以您的御手撫平此人的傷痛』……！」

她將錫杖拉回胸前，一手像要壓住內臟以免破肚而出似的按著不放，懇求神的神蹟。

若說魔法是竄改世界的定律，那麼「小癒（Heal）」無疑是諸神的作為。

女神官的手掌接收到了這磨耗靈魂的祈禱，發出淡淡的光芒，轉移到女魔法師身上。

隨著這陣光芒起泡似的消失，破開的肚子開始漸漸癒合。

這群哥布林當然不會任由她悠哉地治療，然而……

「你們這些該死的哥布林！竟敢把她們！」

既然劍士總算察覺到後方異狀，衝過來保護同伴，哥布林也就無法隨心所欲。

他丟下火把，雙手牢牢握住長劍，往前就是一刺。刺穿了哥布林的喉嚨。

「Ｇｕｉａ!?」

「下一個……！」

他強行拔出劍，轉身之際一劍斜斜劈出，砍中另一隻哥布林的上半身。

劍士在駭人的怪物鮮血飛濺下，威武地吼叫：

「好啊，怎麼啦！來啊！」

有句話說，殺紅了眼。

他──劍士，是個農村家庭的次子，從小時就夢想能夠成為騎士。

雖然不知道要怎麼做才能成為騎士，但至少可以確定，太弱小就當不上騎士。

因為床邊故事裡描述的騎士，都會打倒怪物，討伐邪惡，拯救世界。

而自己像這樣擊潰大批小鬼，拯救無力的女性、拯救同伴的模樣，實實在在就是個騎士。

想到這裡，劍士臉上露出了笑容。

揮劍的手上也充滿了力氣，沸騰的血液沖腦引發耳鳴，一切都集中到眼前的一隻敵人身上。

「慢著！你一個人不行的！」

女武鬥家這句話尚未傳進耳裡，就有一把生鏽的短劍插上劍士的大腿。

「！啊!?臭、臭傢伙！」

是隻胸前有著一道極深傷口的哥布林。沾上鮮血與油脂而變鈍的刀刃，就差了那麼一點，沒能徹底殺死他。

劍士嚴重失去平衡的同時，揮出了第二劍，這次哥布林終於無聲無息地斷氣。

但下一瞬間，又有別隻哥布林朝劍士背上撲了過去……

「少、礙事！」

為了回身砍去而揮到底的長劍——發出喀的一聲悶響，卡在洞窟的岩壁上。

他的氣數就到這裡。

掉在地上的火把燒完，一湧而來的黑暗中，悶濁的哀號響亮得令人吃驚。

劍士因為嫌不好看又沒錢買，既沒有盾牌也沒有頭盔，只有薄薄一件胸甲能夠保護自己。

他被拉倒而一刀刀凌遲，已經無從迴避就這麼毫無價值死去的命運。

「……！怎麼會……！」

女武鬥家未能來得及出手相救，目睹這名她其實並不討厭的男子之死，臉色蒼白地站在原地發愣。

光是能握緊發抖的拳頭擺出架式，或許已經算是很了不起。

「……妳們兩個，趕快走。」

「可、可是……！」

女神官反駁女武鬥家這句平靜的指示，但她也看出事態已經無可挽回。

女魔法師明明在她懷裡接受了「小癒」的神蹟，但呼吸仍然淺而急促，反應也很微弱。

仔細一看，大群哥布林正朝著剩下的獵物慢慢逼近。

現在他們多半還在提防女武鬥家，但顯然再過不久就會一擁而上。

女神官看了看女魔法師與女武鬥家，以及還在凌遲斃命劍士的哥布林們。

女武鬥家見她們兩人不動，微微啐了一聲。

「嘿，呀……！」

她做好覺悟而發出的吆喝聲顯得十分堅毅，主動衝進大群哥布林當中。

鍛鍊得強健有力的四肢，使出的是亡父傳授的格鬥技精髓。

自己不能死在這裡。亡父的武術，不可能會敗給這些小鬼。

——最重要的是，你們殺了他。這件事我絕對不會原諒！

身心都鍛鍊到極致的這記正拳，漂亮地打進了一隻哥布林的心窩。

她甩開吐得滿地都是而往後倒地斃命的敵人，回身手刀一閃。

致命一擊(Critical Hit)。

哥布林的頸子受到強烈的損傷，往不應該彎折的角度折斷。

同時她朝因此空出的間距猛力一跨步，右腳橫空掃去。

這是一記精純無比的迴旋踢，踢得兩隻哥布林一起重重撞在岩石上斷氣……

「啊……!?」

但這一腳被第三隻哥布林輕而易舉地擋下，腳踝更被抓住。

人們說哥布林的個子只有孩童大小。然而……

「HURGGGGG……！」

這隻喉嚨咯咯作響，吐出腐臭氣息低吼的哥布林，卻很巨大。

體格差距大得連絕對不算嬌小的女武鬥家，都必須抬頭仰望。

被抓住的腳痛得像是骨頭都要散了，讓她發出哀號。

「！啊、痛、痛死了……！放開，我——啊!?」

這一瞬間，巨大的哥布林就這麼抓住女武鬥家的一隻腳，隨手將她往洞窟的牆上摔去。

乾燥的物體碎裂的聲響。

女武鬥家痛得連聲音都發不出，接著又被摔向另一邊的牆上。

「咿、咕!?」

怎麼聽都不像是人類會發出的哀號。女武鬥家嘔出摻了血的嘔吐物，被往地上一扔。

剩下的哥布林立刻朝她一擁而上。

「嗚嘎!?咿嗚!?嘎!?咳!?咦!?嗚!啊!」

女武鬥家大聲哭喊，卻被無數棍棒毫不留情地毆打，衣服也被撕破丟開。

哥布林對於來殺他們的冒險者，不抱任何慈悲心。

受到駭人暴行的少女高聲尖叫。

女神官確切地聽見了尖叫聲中的話語。

——快、逃……

「……!對不起……!」

女神官摀住耳朵，不去聽洞窟內迴盪的凌辱聲響，攙扶著女魔法師跌跌撞撞地舉步奔跑。

奔跑。奔跑。再奔跑。差點一跤摔倒，又拚命站穩腳步，繼續往前跑。

即使身在黑暗中，腳下又滿是石塊，看不清楚路況，女神官仍然拚命奔跑。

「……不起……對、不起……對不起，對不起……！」

她一口氣喘不過來，呻吟著張開嘴。

即使明知自己被逼得不斷深入已經沒有燈光的洞窟內……

「嗚、嗚、啊……！」

哥布林留下迴盪的哀號，腳步聲慢慢地、慢慢地逼近，讓她覺得比什麼都要可怕。

別說停下腳步，連回頭都不敢。

雖說即使回過頭去，黑暗中也看不見東西。

此刻，她終於理解櫃檯小姐之所以表情曖昧的理由。

原來如此。哥布林的確很弱小。

就連還是菜鳥冒險者的劍士、女武鬥家、女魔法師，也都各自打倒了幾隻哥布林。

無論體格、智力、力量，幾乎全都和孩童差不多。就和人們說的一樣。

然而，如果有十名以上的孩童，各自懷抱殺意與凶器，發揮他們的狡猾展開襲擊，又會是什麼情形呢？

女神官他們想都不曾想過。

他們弱小、不成氣候、生疏，沒有錢也沒有運氣，而哥布林的數目遠比他們多。

就只是這麼一件……常有的事。如此罷了。

「啊……！」

女神官的腳被神官服的衣襬一絆，狼狽地摔倒在地。

比起臉與手掌被沙土磨傷的痛，不小心把女魔法師摔了出去要更加嚴重。

女神官趕緊跑過去，抱起才剛認識的同伴身體。

「對、對不起！妳還好嗎!?」

「嘔、噁……」

女魔法師不回答，而是吐出一口血。

女神官只顧拚命奔跑，所以並未注意到，女魔法師已經全身痙攣，頻頻顫動。

她全身發起高燒，汗水讓這件厚實的魔法師長袍變得又溼又沉。

「為、為什麼……!?」

女神官第一個就懷疑起自己。會不會是自己的祈禱，未能正確地送進神的耳中？

女神官想到這裡，於是花費寶貴的時間，掀開女魔法師的服裝，摸索著檢查她的傷勢。

但神蹟早已正確降臨。

即使被血弄髒，但她的腹部很平滑，摸不到一處傷痕。

「……呃、呃，這、這種時候，這種時候，該怎麼辦……！」

她完全不知道該如何做才好。

她多少有急救的知識，相信也還施展得出神蹟。

但只要再施展一次治癒的神蹟，就能治好她嗎？是不是該試試別的方法？

不，憑自己現在早已紊亂如麻的心思，有辦法讓請願上達天聽嗎——……？

「嗚，啊啊……!?」

而這一瞬間非常致命。突如其來的劇痛，讓女神官痛得軟倒在地。

黑暗中才剛聽到咻的一聲輕響竄過，緊接著就是一陣火熱的劇痛貫穿左肩。

轉頭一看，肩上深深插進了一枝箭。紅色的鮮血滲到了法衣上。

女神官並未穿著鎧甲。這枝箭貫穿衣服，毫不留情地撕裂了她嬌嫩的肩膀。

這固然是因為戒律禁止神官進行過度的武裝，但更主要的原因是她沒有錢。

只要微微一動，痛楚就會擴大成幾百倍，就像被火鉗插進傷口似的又燙、又痛。

「嗚嗚，嗚嗚嗚嗚……！」

女神官能做的，就只有咬緊牙關，忍住眼淚，瞪著這些哥布林。

拿著武器接近的哥布林，只有兩隻。

他們咧嘴賊笑，口水從嘴角滴下。

如果能夠咬舌自盡，也許還比較幸運。

但她的神不允許教徒自絕生命，讓她眼看將無法避免地走上與同伴們相同的末路。

會被一刀刀凌遲，還是會受到可怕的侵犯，又或者兩者皆是？

「咿、嗚、嗚……嗚……」

她的齒列咯咯作響，顫抖個不停。

女神官把女魔法師擁進懷裡，像是要保護她，忽然間卻覺得自己的下半身傳來一陣暖流。

兩隻哥布林嗅出這股氣味，露出下流的表情。

女神官撇開眼睛不去看，拚命念誦地母神的名諱。

神並未伸出援手。

然而……

「……啊……？」

黑暗深處卻有了光。

就像被湧來的黃昏填滿的天空中，一顆驕傲發出光芒的夜空明星。

小小一丁點，卻又鮮明的光芒，慢慢接近過來。

同時一陣信步前行，卻又充滿決心、毫不猶豫的腳步聲，響徹了這一帶。

兩隻哥布林不解地轉過身去。是他們的同伴讓獵物給跑了嗎？

下一秒，女神官隔著怪物的肩膀，看見了他。

是一名實在太過寒酸的男子。

他穿戴髒汙的皮甲與鐵盔，綁著一面小盾的手上拿著火把，右手握著一把要長不長，要短不短的劍。

還是菜鳥冒險者的他們幾個，身上穿著裝備還比較像樣。女神官這麼想。

——不行……！不可以，過來……！

要是能喊出這句話就好了。恐懼讓她整個舌頭都動彈不得，發不出聲音。

自己沒有女武鬥家那樣的勇氣，讓她無地自容。

多半是覺得像她這種無力的獵物，大可晚點再來慢慢料理。

轉身面向男子的兩隻哥布林當中，其中一隻彎弓搭箭，射了出去。

這枝箭十分簡陋，箭頭是石製的，弓術也稚拙得不值一提。

但黑暗站在哥布林這一邊。

從人類不能視物的黑暗中射出的箭，終究無從閃躲……

「哼。」

然而男子哼了一聲，並以犀利揮出的一劍輕易拍掉箭矢，幾乎是在同時。

在無法理解這代表什麼的情況下，另一隻哥布林就撲了上去。

哥布林飛身刺出的，同樣是把生鏽的短劍。短劍朝著肩膀的鎧甲縫隙，深深插了進去。

「啊啊……！」

女神官發出尖叫。然而耳中卻只聽見自己這聲尖叫，再來就是輕微的金屬碰撞聲。

擋住短劍的，是皮甲底下的鍊甲。

哥布林大惑不解之餘，仍然灌注力道試圖刺穿。

「GYAOU!?」

這一瞬間非常致命。

在一聲悶響中砸上來的盾牌，把哥布林按到牆上壓扁。

「先是一隻。」

他淡淡地說道，女神官立刻聽懂了意思。

男子隨手將火把的火焰——按上哥布林的臉。

一陣肉燒焦的臭味，伴隨渾濁得令人不忍聽下去的哀號，瀰漫在整個洞窟中。

哥布林半發狂地掙扎，但遭到盾牌阻擋，連伸手去搔臉都做不到。

男子確定哥布林很快地不再動彈，四肢無力垂下後，慢慢放開了盾牌。

咚一聲沉重的聲響，臉被燒焦的哥布林從牆上軟倒。

男子隨意一腳踢開，往前踏上一步。

「下一隻。」

那是一幅反常的光景。害怕的不是只有女神官。

也難怪手持弓箭的哥布林會忍不住後退，想拋棄同伴逃走。

畢竟勇敢是與哥布林相距最遙遠的一個字眼。

但現在這隻哥布林的背後，還有女神官在。

「……！」

女神官這次有了行動。

即使身上中箭、失禁、腿軟，還抓著垂死的同伴，狼狽到了極點。

她仍然以還能動的一隻手，朝哥布林挺出錫杖。

這是一次沒有多少意義的，小小的抵抗。而且並未經過深思熟慮，只是反射性的動作。

然而，要引發哥布林一瞬間的遲疑，已經太足夠了。

哥布林這一輩子，就屬這一瞬間用了最多腦袋，思考該怎麼辦。

而哥布林得出結論前，這輩子最後一個答案，就隨著鎧甲戰士擲出的劍飛散在岩壁上。

隔了一瞬間後，頭蓋骨被擊碎的哥布林斃命了。

「這樣就是兩隻。」

他打完一場令人作嘔的仗，蹂躪著這些已經殺死的哥布林屍體。

穿戴髒汙鐵盔、皮鎧與鍊甲的全身，都被怪物的血染成深黑色。

左手綁著用了多年而滿是傷痕的小盾，握著通紅燃燒的火把。

空出來的右手，從牢牢踏住的屍骨頭蓋，隨手拔出插在其上的劍。

一把沾滿了黏膩腦漿，未免太要長不長、要短不短，款式廉價的劍。

少女肩膀被箭射穿，癱坐在地上，苗條的身軀因害怕而發抖。

眼前這個人，是何方神聖？

想著想著，甚至覺得這個人也許就像哥布林，再不然就是一種更加來路不明的怪物。

他的模樣，散發出來的氛圍，以及言行舉止，就是如此異樣。

「……請、請問，你是……？」

少女忍著恐懼與疼痛，出聲詢問對方身分。

而他回答了。

「專殺小鬼之人（Goblin Slayer）。」

——不是殺龍或吸血鬼，而是最弱的怪物。專殺小鬼，的人。

換做在平時聽到這個滑稽的名號，幾乎會令人忍不住發笑，但現在的她卻絲毫沒有這樣的念頭。

§

自己連肩膀的疼痛都忘了而發呆的模樣，不知道這名男子——哥布林殺手是怎麼看的？

男子大剌剌地走到女神官身前蹲下，讓她全身一震。

即使在火把的火光下湊得這麼近，遮住面孔的鐵盔後方，還是看不見他的雙眸。

就彷彿鎧甲當中也充斥著黑暗。

「是菜鳥啊。」

哥布林察看完她掛在脖子上的識別牌，靜靜地說道。

將火把放到地上的他胸前，也有一塊識別牌在搖動。

在黑暗中仍反射出朦朧清輝的顏色，千真萬確是白銀的光。

「啊……」

女神官小聲驚呼，她當然知道這意味著什麼。

冒險者公會的十個等級當中的第三階。

白金等級是史上只存在過寥寥幾人的例外，黃金等級則會參與國家規模的疑難案件。

白銀就僅次於這兩個等級，是實質上最優秀的在野冒險者。

「……銀的，冒險者。」

和最低階的白瓷等級女神官天差地遠，是不折不扣的老手。

——我想，再等一下，應該就會有別的冒險者來了……

櫃檯小姐的話從女神官腦海中閃過。她指的該不會就是這個人……？

「似乎還能說話吧。」

「咦？」

哥布林殺手手上的動作輕描淡寫到了殘酷的地步，讓女神官甚至來不及開口。

「妳運氣不錯。」

「嗚、啊……!?」

箭頭的倒鉤撕開皮肉，過度的痛楚讓女神官發出呻吟。

隨著鮮血從被強行拔出箭的傷口溢出，眼眶含著的淚也一滴滴落下。

哥布林殺手以同樣輕描淡寫的動作，從腰包中拿出一個小瓶子。

「喝下去。」

那是一種隔著玻璃發出淡淡燐光的綠色藥水——治療藥水（Heal Potion）。

是女神官他們一行人想要，卻因為沒有時間也沒有錢而放棄購買的東西。

女神官伸手接過，視線卻在小瓶子與受傷的女魔法師之間來回。

「請、請問！」

不可思議的是，一旦出了聲，接下來的話就流暢地說了出來。

「我、我可以，給她喝嗎！憑我的神蹟實在……」

「她哪裡，被什麼傷到？」

「呃、呃，是被短劍，刺中腹部，好像是。」

「……短劍。」

哥布林殺手仍然老實不客氣，伸手就摸向女魔法師的肚子。

手指用力一按，她就再度嘔出一口血。

對滿懷盼望在一旁凝視的女神官看也不看一眼，他迅速診察完之後，淡淡地丟下一句：

「死心吧。」

「……！」

女神官臉色蒼白，倒抽一口氣，抱著女魔法師的手上加重了力道。

「妳看。」

哥布林殺手拔出還陷在自己肩膀鍊甲上的短劍給她看。

刀身上布滿一層黏膩又渾濁，不知道是什麼成分的黑色黏液。

「是毒。」

「毒、毒……？」

「把山上採來的草，和他們的糞尿、唾液，隨意摻在一起做成的。」

——妳運氣不錯。

女神官弄懂了先前哥布林殺手對她說的這句話意味著什麼後，當場倒抽一口氣。

射中她的箭頭並未塗上這種毒。所以自己才能像這樣好端端的。

當初若是兩隻哥布林之中，拿著短劍的一隻先攻擊她……

「中了這種毒，會喘不過氣、舌頭發抖、全身痙攣、發高燒，意識渾濁，然後死亡。」

他用哥布林的腰布擦了擦這把刀刃缺損的短劍，掛到腰帶上，從頭盔底下說話。

「畢竟他們很髒。」

「這、這麼說來，只要能夠解毒，她就……」

「解毒劑是有，但毒已經行遍全身。來不及了。」

「啊……」

此時女魔法師空洞的眼神微微聚焦。

她喉頭的血沫發出咕嘟聲，嘴唇顫抖，用分不清是嗓音還是雜音的聲音，小聲說出一句話。

「……殺，呃……我。」

「好。」

下一瞬間，哥布林殺手毫不遲疑地一劍刺進女魔法師咽喉。

伴隨啊的一聲呻吟，女魔法師全身一跳，隨即噴出大量血沫，就此斷氣。

哥布林殺手檢查拔出的劍刃，發現因為沾到油脂而變鈍，啐了一聲說：

「別讓她多受苦。」

「為什麼!?她明明，也許，還有救……」

女神官抱著女魔法師癱軟的屍骨，臉色發白地大喊。

——可是。

下一句話卻說不下去。她沒救了。這是真的嗎？

即使真是如此，在這裡殺了她，真的是為她好嗎？

女神官不懂。

不管怎麼說，女神官都尚未獲得「解毒(Cure)」的神蹟。

即使想餵她喝解毒劑，也只有眼前的男子才有，不屬於女神官。

女神官不喝藥水，也不起身，只能坐在原地發抖。

「妳聽好。他們雖笨，卻不傻。」

哥布林殺手以撂狠話的口氣說了。

「至少，還知道要先鎖定魔法師攻擊……看。」

他指向掛在牆上的老鼠骷髏與烏鴉羽毛。

「這是那些哥布林的圖騰。換言之，他們有薩滿。」

「薩滿……？」

「妳不知道？」

女神官顯得不安，但仍微微點頭。

「就是施法者。還比這丫頭高段。」

女神官從不曾聽過哥布林會施展魔法。

如果知道有這樣的敵人存在，她的團隊是否就不會全軍覆沒了？

——不。

女神官死了心似的，在內心否定。

即使他們聽說了，想必也不會認為這有什麼威脅性可言。

哥布林是種冒險者第一次冒險時就能擊潰的怪物，最適合讓新手用來試身手。

至少，直到剛才，他們都還這麼認為。

「有看見大個子的傢伙嗎？」

哥布林殺手接著就往癱坐在地的女神官湊過來，看著她的臉。

這次，她微微看見了他的眼睛。

髒汙的鐵盔底下，有著像是機械的冰冷光芒。

被他從頭盔下盯著，讓女神官不自在地全身一震，僵住不動。

因為她突然想起下半身的溫熱與溼潤。

受到哥布林襲擊，同伴轉眼間都死了，團隊當場瓦解，只剩自己活下來的事實。

實在太沒有現實感。

相較之下，肩膀一陣陣的抽痛、失禁的感覺與羞恥，還來得確切多了。

「我想，應該有，可是……我，光顧著逃命……」

女神官拚命翻找因此而模糊不清的記憶，無力地搖了搖頭。

「是大傢伙（Hob）啊。多半是找了『過客』來當保鏢吧。」

「你說的是……鄉巴佬（Hob）？」

「差不多。」

哥布林殺手檢查武器，察看完裝備狀況，站了起來。

「我要從那個橫坑過去。非得現在擊潰他們不可。」

女神官仰望他的身影。他已經不再看她，雙眼直視前方的黑暗。

「妳要怎麼做？回去，還是在這等。」

女神官用使不上力氣的手，重新握好錫杖。

她往發抖的膝蓋灌注力道，淚流滿面，卻仍站了起來。

「我……也去……！」

無論獨自回去，還是獨自被丟在這，女神官都承受不了。她別無選擇。

哥布林殺手點了點頭。

「那就喝了藥水。」

女神官上氣不接下氣地喝完裝在小瓶子裡的苦澀藥水，肩膀傷口的滾燙就漸漸淡去。

這種用十餘種藥草製成的藥水，不會讓傷勢急遽好轉，但能夠止痛。

也難怪她會鬆了一口氣。這還是她第一次喝藥水。

「好。」

哥布林殺手看她喝完藥水，踏入了黑暗之中。

他的腳步毫不遲疑，亦不曾回頭看上女神官一眼。

女神官趕緊小跑步跟上，以免被丟下。

臨去之際，她朝背後瞥了一眼，看向已經斷氣的女魔法師。

「……」

女神官緊咬嘴脣，深深一鞠躬。

晚點我一定會來接妳。

§

返回橫坑所在處，距離也不算太遠，莫名地就是沒看見那群哥布林的身影。

相對的，有些連本來是不是人都已經難以分辨的肉塊，悽慘地被棄置在地上。

令人作嘔的血與內臟臭味，混在洞窟的空氣裡翻騰。

「！咕、嗚、噁噁噁……」

女神官看了看劍士的屍骨，忍不住跪下嘔吐。

在神殿的最後一餐，享用了麵包與葡萄酒，感覺已經像是好幾年前的事情。

不，真要說起來，就連劍士找她一起冒險，也已經像是很久很久以前的事了。

「九隻嗎。」

哥布林殺手無視於悽慘的景象，清點哥布林的屍體，點了點頭。

「以這種規模的巢穴來說，剩下的應該不到一半。」

他從劍士的屍體上撿起劍與短劍，掛到腰帶上。

哥布林的武器他也檢查過，但似乎沒找到滿意的貨色。

女神官按住嘴角，用責怪的眼神看他，但他完全不放在心上。

「幾個人？」

「咦？」

「櫃檯小姐只跟我說，新人跑來剿滅哥布林。」

「咦，啊，四個人……」

說到這裡，女神官差點忍不住「啊！」的一聲叫出來，趕緊用雙手按住嘴。

「這、這個，我還有，另一個同伴……」

為什麼先前都一直忘了呢？

哪兒都看不見那個替她承受可怕命運，受盡筆墨難以形容之暴行的武鬥家。

「女人嗎？」

「是……」

哥布林殺手把火把拿近，仔細檢查洞窟地面。

地上有幾個全新的腳印，血跡、汙水，以及拖行某種物體的痕跡。

「看來是被帶進去了。不確定是否還活著。」

哥布林殺手把幾根還連著頭皮的長髮繞上手指，做出這樣的結論。

「那，我們得去救她……」

女神官拚命振奮自己的精神這麼說。

但哥布林殺手不回答，把火接到新的火把，然後將舊火把往岔路上一扔。

「他們在黑暗中也看得見。總之多點些火。黑暗是敵人。要聽聲音。」

女神官照哥布林殺手的吩咐，靜靜傾聽。

從火把的光絕對照不到的洞穴深處，有著啪啪幾道腳步聲跑了過來。

——哥布林！

多半是注意到火把的光而跑來察看的吧。

哥布林殺手拔出繫在腰帶上的短劍，朝黑暗深處擲出。

一聲刺中物體的尖銳聲響傳來。火把朦朧的火光，照出了哥布林躺下的身影。

哥布林殺手迅速撲了過去，朝心臟補上一刀。

喉嚨插著短劍的哥布林無聲無息地斷氣。這一連串動作快得令人目不暇給。

「十。」

哥布林殺手淡淡地數著。女神官朝橫坑望進去，膽顫心驚地問：

「……你也能在黑暗中看見東西嗎？」

「怎麼可能。」

哥布林殺手讓沾上血與油脂而變鈍的劍插在哥布林身上，並不伸手去拔。

他改而換上先前劍士所持的劍，對這在狹隘空間裡太礙事的刃長咂舌。

接著他從剛殺死的哥布林身上取走長槍。

這是一把用獸骨製成的簡陋長槍，但拿在人類手裡，則只有標槍的長度。

「我練習過。瞄準他們喉嚨高度。」

「練習？你練了多少次……」

「很多次。」

「很多……」

「妳一直在問問題。」

「……」

女神官難為情地低下頭。

「妳會什麼。」

「……咦？」

女神官不明白他這麼問的意圖，但仍趕緊抬起頭。

哥布林殺手毫不鬆懈地監視洞口，繼續問下去：

「我是說神蹟。」

「……神授與我『小癒』和『聖光（Holy Light）』。」

「次數呢。」

「一共三次……還剩下，兩次……」

儘管她從不曾拿這件事炫耀，但以菜鳥神官而言，她算是很優秀的。

首先，光是能對神獻上祈禱、懇求，得到神賜予神蹟，就是一種才能。

而多次讓靈魂與神相連，更沒有太多人能夠承受。這需要經驗。

「比預料中好太多了。」

話雖如此，她還是無法將哥布林殺手的話當成是在「稱讚她」。

他的口氣終歸只有義務，平淡，感覺不出任何情緒。

「那就用『聖光』。反正『小癒』派不上用場，別浪費次數。」

「知、知道了……」

「剛才那傢伙是斥候（Scout）。這個洞果然沒錯。」

標槍的槍尖，指向哥布林跑來的洞穴深處。

「但斥候沒回去，殺了妳同伴的傢伙也沒回去。因為我殺了他們。」

「……」

「怎麼做？」

「咦？」

「如果妳是哥布林會怎麼做？」

問題來得突然。女神官把纖細的手指抵在下巴，拚命思索。如果她是哥布林，會怎麼做？

「……我會，埋伏。」

那雙想必過去都在神殿擔任義工的手，白得怎麼看都不像是冒險者。

「正是。」

哥布林殺手淡淡地說道。

「我們就是要去硬闖埋伏。做好覺悟吧。」

女神官臉色蒼白地點了點頭。

哥布林殺手拿出一捆繩索與木樁，開始在腳下架設。

「這就像個小小的幸運魔咒。」

哥布林殺手說話時，目光仍不曾從手上移開。

「記清楚。就在岔路入口。別忘了，會死喔。」

「好、好的。」

女神官雙手用力握緊錫杖。

岔路的入口。岔路的入口。她拚命在口中複誦。

她唯一能依靠的，就只有這位來路不明，自稱是哥布林殺手的男子。

一旦被他拋棄，無論是她、女武鬥家，還是被擄走的村女，都將不再有望得救。

她還想著這些，哥布林殺手就已經把機關設置完畢。

「我們上。」

女神官拚命跟上他，跨過繩索，踏進洞穴。

這洞穴意外牢固，一點都不像是挖來進行奇襲用的。

除了每走一步，都會有泥土從長了樹根的洞頂落下外，並不需要擔心崩塌。

但慢慢往下的平緩坡道，卻讓女神官不安。

這裡，已經不是人——不是凡人(Hume)的領域。

這是她從一開始就非得知道不可的事。雖然現在總算察覺到，也已經太遲了。

——因為哥布林，就是住在地下的生物……

只要試著思考，就應該想得到。即使不如礦人(Dwarf)那麼徹底。

為什麼他們會只因為哥布林身體瘦弱，就如此小看哥布林呢？

——雖然現在後悔也已經遲了……

女神官一邊靠著火把微弱的火光看清楚地面，一邊悄悄窺視男子的背影。

他的動作裡，看不出絲毫迷惘或恐懼。

他是否知道再過去會有什麼事物等著他……？

「差不多了。」

哥布林殺手忽然停下腳步，讓女神官差點跌倒。

女神官趕在他以無機質的動作轉身前，趕緊端正姿勢。

「準備『聖光』。」

「好、好的。我隨時，都能祈禱。」

她深深吸氣，吐氣，然後牢牢握好錫杖擺出架式。

同樣的，哥布林殺手也用雙手重新握好火把與標槍。

「動手。」

「『慈悲為懷的地母神呀，請將神聖的光輝，賜予在黑暗中迷途的我等』……！」

哥布林殺手蹬地飛奔，女神官朝黑暗伸出錫杖。

她舉起的錫杖杖頭亮起了有如太陽般燦爛的光芒。這是地母神的神蹟。

哥布林殺手背負著這光芒，毅然闖進小鬼群埋伏的大廳。

相信他們是直接沿用了洞窟中最大的空間。

聖光照出在簡陋大廳內守株待兔的小鬼們那醜惡的樣貌。

「GAUI!?」

「GORR?」

大廳裡的哥布林有六隻。除此之外還有一隻大個子，以及一隻坐在椅子上、頭戴骷髏的角色。

這群小鬼突然被純淨的光芒直射而覺得刺眼，瞇起眼睛，狼狽地驚呼。

除此之外，大廳裡還躺著幾名一動也不動的女子。

不用說也看得出，先前這裡正在進行慘不忍睹的行為，然而……

「六，外加大個子一、薩滿一，剩下八隻。」

哥布林殺手語調並未因此發顫，淡淡地數清楚剩下的敵人數目。

當然哥布林也並非只會閉著眼一味尖叫。

「OGAGO……GAROA……」

在王座上睥睨的薩滿，高高舉起手上拿的杖，開始詠唱來路不明的咒語。

「GUAI!?」

但哥布林殺手的標槍飛了過去。

薩滿的軀幹被標槍刺穿，發出垂死的哀號，整個人從椅子上翻了下來。

族長的慘狀，讓小鬼們一時無法反應。哥布林殺手並未放過這個空檔。

他在唰一聲響亮的拔劍聲中，抽出了繫在腰間的劍士長劍。

「好，撤退。」

「咦!?啊，是！」

哥布林殺手一說完，立刻轉身拔腿就跑。

女神官被他的轉變之快嚇了一跳，莫名其妙地照做。

跟在他們後頭的，是一群從光線消失的混亂中恢復過來的哥布林。

哥布林殺手丟下拚命在坡道上奔走的女神官，一口氣爬上了坡道。

這會是前鋒與後衛的職業差異，又或經驗與鍛鍊所帶來的差距嗎？

然而他身穿皮甲與鍊甲，視野被鐵盔遮住，竟然還能那麼敏捷地活動。

看到他在橫坑的出口輕輕一跳，女神官也得以想起一件事。

「咦，呀……！」

當她好不容易跳過機關，哥布林殺手已經背靠在牆上。

女神官見狀，也趕緊有樣學樣，把背貼到另一邊牆上。

「GUIII！」

「GYAA——」

漸漸接近的怒罵聲與腳步聲，證明這些哥布林正沿著坡道跑上來。

女神官偷偷一瞥，便看見帶頭的大個子——大哥布林。

「再一次……動手！」

哥布林殺手一聲令下。

女神官點點頭，將掛著聖符的錫杖往坑道伸出，毫不遲疑地念出祈禱的話語。

「『慈悲為懷的地母神呀，請將神聖的光輝，賜予在黑暗中迷途的我等』……！」

慈悲的地母神再度賜予的光，毫不慈悲地燒灼著大哥布林的眼睛。

「GAAU!?」

大哥布林視野被強光斷絕，必然無從注意到腳下的繩索，當場狼狽地一絆……

「十一。」

哥布林殺手撲了上去，毫不留情地把劍朝他腦幹上一插，用力一剜。

大哥布林口齒不清地喊了幾句莫名其妙的話，痙攣幾下之後就死了。

「下、下一隻要上來了……！」

神蹟已經用盡。連續進行磨耗靈魂的祈禱，讓女神官臉上失去血色，一片慘白。

「我知道。」

哥布林殺手迅速從腰包取出一只瓶子，用力砸在大哥布林的屍體上。

陶器碎裂，裝在裡頭的一種黑色汙泥般黏稠的液體濺了開來。

不單氣味衝鼻，女神官更從未見過這種東西，只覺得是一種來路不明的毒。

「再見啦。」

哥布林殺手把這弄得又黑又髒的巨大身軀，朝坑道裡踢了下去。

從後方跟來的這群哥布林，朝著突然滾下來的肉塊用力刺出武器。

畢竟事出突然，因此當這群哥布林發現肉塊就是他們的保鏢時，當然慌了手腳。

小鬼們好不容易拔出深深刺進屍體的武器，正要擦去沾在上頭的黏稠液體……

「十二、十三。」

卻是為時已晚。

哥布林殺手殘酷地將火把扔了過去。

只聽得咚的一聲響，兩隻哥布林連同大哥布林的屍體，一起被籠罩在火焰中。

「GYUIAAAAAAA!?!?!?!?」

尖聲哀號。兩隻哥布林被火焰燒灼，掙扎著往坑道底部滾落。

肉燒焦的氣味與濃煙充斥在洞窟內，讓女神官連連咳嗽。

「美狄亞之油，或叫石油之類的，是一種會燃燒的水。」

跟一個鍊金術士買來的——哥布林殺手輕描淡寫地說。

「賣這麼貴，效果卻挺弱的啊。」

「啊、裡、裡面！那、那些被擄走的女性還在……」

「只有兩三具屍體，延燒不了多大範圍。就算她們還活著，也不會就這麼死了。」

而那些哥布林也不會全軍覆沒。聽到他補上的這句話，女神官用力咬了咬嘴唇。

「……那，我們，要再闖進去嗎？」

「不。等到沒辦法呼吸，他們就會自己出來。」

哥布林殺手的劍插在哥布林身上並未拔出，已經無劍可用。

相信他本來也就不打算拿著被腦漿弄得黏呼呼的劍應戰。

他撿起從大哥布林手上脫落的石斧，緊緊握住。

這件武器就只是把石頭綁在樹枝上，從各方面來看都非常粗野，但也正因如此，不需要講究用法。

他空揮幾下，檢查石斧的狀況。看來單手揮起來也沒問題。

哥布林殺手下一步就伸手翻找腰包，拿出新的火把。

「啊。」女神官拿出打火石，但他看也沒看一眼。

「看來那些傢伙作夢也沒想到會中埋伏。」

「……」

「放心吧。」

哥布林殺手一邊靈活地用拿著石斧的手敲擊打火石，一邊說話。

「很快就會結束。」

事實也的確如此。

他輕描淡寫地解決了從火焰與煙霧中跑出來的哥布林。

一隻是趁他被繩索絆倒時擊碎頭蓋骨。

第二隻是在他跳過繩索時的落地處揮出石斧。第三隻也一樣。

第四隻斃命時，石斧陷進他額頭，於是哥布林殺手搶走了他的棍棒。

「十七隻了。我們進去。」

「好、好的。」

哥布林殺手踏進煙霧瀰漫的坑道內，女神官拚命跟上。

大廳裡的景象極為悽慘。

有燒得焦黑，不成原樣的大哥布林與哥布林屍體。

有被標槍刺穿而仰倒在地的哥布林薩滿。

還有一群渾身汙物，倒在地上的女子。

哥布林殺手說得沒錯，濃煙位於比她們高的位置。

然而，即使沒死，卻未必稱得上幸運。

當女神官找出女武鬥家時，深深體認到這一點。

「嗚，嗚咕！噁噁噁……」

女神官從空蕩蕩的胃裡，大聲吐出胃液。

喉頭難受得不得了，火燒似的作痛，讓她眼角再度滲出淚水。

「好了。」

哥布林殺手不理她，踏熄了靠地板上的油持續燃燒的火焰。

他大剌剌走向被標槍刺穿而仰躺著斃命的薩滿。

薩滿臉上仍掛著為自己的死震驚的表情，一動也不動。

他那玻璃珠般的眼球，照出了哥布林殺手低頭看著他的模樣。

「果然啊。」

哥布林殺手立刻舉起棍棒。

「GUI!?」

薩滿驚嚇地想跳起，但下個瞬間就被一棒打得腦袋開花，這次真的死了。

「十八。高階種就是無謂地命厚。」

說著，哥布林殺手將這張名實兩方面都空了出來的王座，粗暴地一腳踢倒。

這張應聲垮掉的椅子，是由人類的骨骼拼合而成，讓女神官又反胃起來。

「還真老套……妳看。」

「……嗚，嗯？」

女神官擦擦眼角，再擦擦嘴角，抬起了頭。

王座後頭，釘著快要腐朽的木板來代替門板。

是隱藏的倉庫──不對，會有這麼單純嗎？

聽到內側傳來的推擠碰撞聲，讓女神官用力握緊了錫杖。

「妳，運氣不錯。」

哥布林殺手一扯開木板，就聽到裡頭傳來好幾聲尖銳的慘叫。

倉庫裡除了掠奪來的財物，還躲著四隻一臉害怕表情的哥布林幼童。

「他們繁殖很快，要是再晚一陣子，多半已經增加到五十隻左右而展開攻擊了吧。」

女神官想像那樣的光景，再想像自己將會走向什麼樣的未來，不由得毛骨悚然。

自己被多達幾十隻哥布林一擁而上，成了哥布林之母。

哥布林殺手面對這些縮起身體發抖的小鬼，重新握好棍棒。

「……連小孩，也要殺嗎？」

──也許連問都不必問。

女神官留意到自己說話的嗓音冷漠得驚人，打了個寒顫。

是心靈，或是心情，面臨到現實——因而麻痺了嗎？

希望是這樣。她心想，只有當下這個時刻，她希望是這樣。

「那還用說。」

哥布林殺手淡淡地點了點頭。

相信他已經反覆看過這樣的光景很多很多次。

女神官對於他為何自稱是「專殺小鬼之人」——並非無法理解。

「他們一輩子都不會忘記仇恨。巢穴裡活下來的小鬼，就會學到教訓，學聰明。」

哥布林殺手隨手舉起棍棒，薩滿的腦漿一滴滴往下滴落。

「沒有任何理由放他們活命。」

「……即使裡面有善良的哥布林……？」

「善良的哥布林？」

哥布林殺手由衷感到不可思議似的喃喃複誦，然後唔了一聲。

「如果去找，也許會有。但……」

「……」

「只有不會出現在人前的哥布林，才是好哥布林。」

哥布林殺手說了。

「這樣就是，二十二隻。」

§

說來這都是常有的事。

包括村莊受到哥布林襲擊，以及女子被擄走。

包括新手冒險者選擇剿滅哥布林做為第一次冒險。

包括他們被哥布林逼得無路可逃，全軍覆沒。

包括女子被冒險者從哥布林的巢穴救出來。

包括被救出來的這些女子，因為成了哥布林洩欲的工具而絕望，輾轉進了神殿。

包括失去同伴的冒險者茫然自失，躲回故鄉。

這一切的一切，在這個世界都是家常便飯，是常有的事。

女神官不太明白。

像這樣毀掉一個人一生的事件，真的是常有的事嗎？

如果真是如此，那麼自己……面臨這個現實時，還能夠繼續信仰地母神嗎？

到頭來，她明白的只有兩件事。

一是自己仍然繼續當著冒險者。

至於另外一件——

就是哥布林殺手，至今肯定把所有哥布林都殺掉了。

然而就連這件事，同樣也只不過是件常有的事……

間章「神」

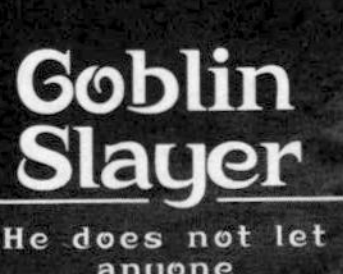

一個不是這裡的地方。一個很遠很遠，又很近很近的地方。

神一而再，再而三地擲骰子。

這個神有著惹人憐愛的少女外表，被稱為『幻想』。

骰子一再擲出還不錯的數目，讓『幻想』也笑咪咪的。

但骰子這種東西，並不會照神的意思運作。

天啊，這是什麼數字，簡直慘不忍睹。

無論『幻想』多麼美麗又和善，唯獨無法改變骰子擲出的數字。

即使備妥裝備，確實構思好戰術，仍然無能為力。

畢竟正因是偶然，是宿命，才有可能發生這種事。

『幻想』失望地垂頭喪氣，卻有別的神指著她大笑。

這個神叫作『真實』。『真實』拍手大樂，說所以我不是說過了嗎？

畢竟『真實』是毫無慈悲可言的。是殘酷的。

『真實』會準備所有想像得到的困難，告訴對方「你接的委託失敗了」。

『幻想』不甘心地沉吟，但這也無可奈何。

因為『幻想』自己也一樣，和受命運引導的冒險者戰鬥時，絕不會放水。

所以即使自己的冒險者偶然死去，也不能抱怨。

因為規則就是這樣。

說起這樣的事情，也會有人生氣地指責：神拿人當玩具。

然而，不受命運或偶然左右的道路，又是一條什麼樣的路呢？

不管怎麼說，既然冒險者全軍覆沒，那就再無他法。

雖然遺憾，但冒險到此為止。

就準備一群新的冒險者，再來一次吧。

這沒什麼，不用擔心。這次的冒險者，一定會好好——……

此時，兩位神注意到盤面上出現了新的冒險者。

『真實』「呃」了一聲。『幻想』「哇」了一聲。

因為，『他』來了。

第2章『牧牛妹的一天』

她作了個懷念的夢。

夢到她還很小的時候，一個夏日的夢。那時的她，應該是八歲左右。

這一天，她為了幫忙母牛分娩，獨自前往叔叔的牧場過夜。

當時她年紀還小，從未想到過可以拿這樣的名目，讓大人允許她出去玩樂。

但她要幫忙母牛分娩。這是了不起的工作！

而且最重要的是，她要離開村子，一個人去鎮上！

還記得她理所當然地炫耀這件事，他就露出一臉鬧彆扭的表情。

他雖然比她大兩歲，但對於自己居住的村莊以外的事情一無所知。

村外……別說是都城，連鎮上是什麼樣的地方，他根本都無從想像。

雖說本來她當然也是一樣……

到頭來，她已經不記得導火線到底是什麼事。

總之她惹火了他，兩人吵了一架，然後兩個人都哭了。

現在回想起來，也許是因為對方是男生，讓她有點不客氣，說得太過分了。

Goblin Slayer
He does not let anyone roll the dice.

也許過分到會讓他真心發怒的程度，不小心傷害了他。

她作夢也沒想到會有這樣的事情。終究是太年幼而犯下的錯。

很快的，他的姊姊來接他，牽著他的手回去了。

其實她本來想邀他「一起去」。

當她坐上前往隔壁鎮的馬車後，就從篷車裡回頭望向村莊。

來送別的只有父親與母親，看不到他的身影。她朝雙親揮手道別。

在搖個不停的馬車上坐了一會兒，打起盹兒之餘，她產生了些許的後悔。

到頭來，自己都沒對他說對不起。

她心想，等我回去，一定要跟他和好……

§

牧牛妹的一天開始得很早。

因為他會在天剛亮，雞尚未告知早晨來臨前就起床。

起床後，他會先在牧場周圍巡視一圈，這是他從未有任何一天間斷的工作。之前牧牛妹一問，他才告訴她說，這是在檢查腳印。

「哥布林會在晚上四處活動。一到早上他們就會回巢，但在攻擊前必定會先來偵察。」

他說就是因為這樣，才會每天檢查足跡，以免忽略哥布林來襲的徵兆。

查完腳印後，為防萬一，又繞了一圈。

這次他一邊巡視，一邊仔細檢查牧場的柵欄有無鬆脫或破損。

若檢查到有什麼地方損壞，就逕自拿著修補用的木樁與木條，埋頭修理。

牧牛妹會醒來，是因為聽見他從窗邊走過的腳步聲。

晚了一會兒，雞才總算叫了。

聽到這陣大剌剌的腳步聲，她從稻草床爬出來，露出了裸體。

她大大地伸了伸懶腰，打了個呵欠。在健康豐潤的胴體上穿上內衣褲，打開窗戶。

早晨的風冰冷而乾爽地吹了進來。

「早安！你還是這麼早起啊。」

牧牛妹把豐滿的胸部放到窗框上，朝窗外探出上半身，朝他檢查柵欄的背影呼喊。

「嗯。」

他回過頭來。

髒汙的鍊甲上套著皮甲與鐵盔，左手綁著盾牌，腰間佩著劍。

他的模樣一如往常。牧牛妹瞇起眼睛看著太陽，說道：

「今天天氣真好。太陽好刺眼。」

「是啊。」

「叔叔起來了嗎？」

「不知道。」

「這樣啊。可是，我想他應該差不多要起來了。」

「是嗎。」

「你肚子餓了吧。我馬上準備，一起吃早餐吧。」

「好。」

他緩緩點頭。牧牛妹心想，他還是一樣沉默寡言，笑了一笑。

雖然小時候的他並非如此。

儘管會隨著每天的天氣而略有不同，這段對話仍一如往常。

但他是冒險者。從事的是一種以冒險為業的危險職業。

光是早上能像這樣平安地和他說說話，就不該再有什麼怨言了。

牧牛妹面帶笑容，把身體塞進工作服裡，輕快地走向廚房。

原則上，準備每天的飯菜是採輪班制……說是這麼說。

但烹飪是牧牛妹的工作。

© Noboru Kannatuki

因為從一起生活算起的這幾年來，他幾乎從來不曾下廚。

——大概只有兩、三次吧？她記得，是在自己感冒時。

雖然當時總覺得要是嫌燉湯沒味道、燉得不夠，他多半會生氣，所以並未說出口。

牧牛妹也曾想過，他這麼早起，如果肯做飯該有多好。

但冒險者的生活並不規律。她明白這也沒有辦法，所以不曾責怪過他。

「早安，叔叔，飯菜馬上就好了。」

「嗯，早。今天也好香啊，我愈聞愈餓了。」

過了一會兒，身為牧場主人的叔叔起床了，已經檢查完的他這時也回到屋內。

「叔叔早安。」

「唔……早。」

他的招呼可說是有禮貌，也可說是公事公辦，讓叔叔以一種難以言喻的含糊口氣點了點頭。

排在餐桌上的有乳酪、麵包，以及加了牛奶的湯。全都是牧場生產的食材。

他把菜從盔甲的縫隙間塞進嘴裡進食。牧牛妹笑咪咪地看著他這樣。

「這是這個月的份。」

他忽然想起一件事，說出這句話。然後從掛在腰上的腰包裡拿出一個皮袋，放到桌上。

袋子發出十分沉重的聲響。從鬆開的袋口，看得見裡頭裝著金幣。

「……」

叔父對於要收下這筆錢，似乎有些遲疑。

少女心想，這也難怪。

他根本不必寄宿在這種牧場裡的馬廄，大可去住好的旅店（頂級套房）。

叔叔似乎終於下定決心，嘆了一口氣，收起了皮袋。

「當冒險者，還挺好賺的啊。」

「因為最近工作很多。」

「……是嗎？我說啊，你，這個……」

叔叔還是一樣吞吞吐吐。

人很親切的叔叔，每次跟他說話都會變成這樣。

牧牛妹就很不能理解是為什麼……

過了一會兒，叔叔以像是害怕，又像是死心的表情，對他說下去：

「……今天也要去嗎？」

「是。」

他回答得很平淡。一如往常地，緩緩點了點頭。

「我要去公會。因為工作很多。」

「是嗎……可別太拚了。」

「是。」

他平淡的聲調，讓叔叔露出苦澀的表情，端起溫過的牛奶喝了一口。

對話就這麼中斷，也是每天早上都有的事。

所以牧牛妹為了驅散這樣的氣氛，盡可能以開朗的聲音說道：

「那，我也要去送貨，我們一起去吧！」

「我沒差。」他點頭答應。而叔叔見狀，一張嚴肅的臉更加皺起了眉頭。

「……不，要送貨的話，我駕馬車去……」

「不要緊不要緊，叔叔對我保護過度了啦。別看我這樣，我可是很有力氣的。」

牧牛妹說著捲起袖子，手臂用力彎起，秀出肌肉。

該怎麼說呢，手臂的確比鎮上的同年姑娘們要粗，只不過終究沒有太多肌肉。

「知道了。」

他只說了這句話，就很乾脆地解決了早餐。連一句吃飽了也不說就起身。

「啊，等一下，你喔，太急了啦。我也需要準備啊，等等我嘛。」

然而就連這種舉動，其實也是家常便飯。牧牛妹不顧形象地張口大嚼自己的早餐。

由於需要大量勞動，她用牛奶把分量稍多的餐點硬灌進胃裡，再把他的餐具一起收拾好，拿去洗碗槽。

「那叔叔，我去去就回來！」

「……好，妳去吧。路上千萬小心。」

「不用擔心啦，而且我們是一起去。」

叔叔仍然坐在椅子上，一張臉皺成一團。彷彿想說：「就是這樣我才擔心。」

叔叔既親切又和善，是個心地善良的牧場主人，這點牧牛妹也很清楚。

但叔叔似乎不知該如何和他相處，也許說是怕他會更貼切。

——我倒是覺得沒什麼好怕的說。

吃完飯來到屋外一看，他已經越過牧場柵欄，走到道路上了。

她心想不能再磨蹭下去，不慌不忙地跑向放在屋子後頭的臺車。

貨物在前一天就已經裝載好，所以接下來只要抓起橫桿，用力踏出腳步就行。

車輪喀噠喀噠地響起，推車上的食材與酒也跟著碰出聲響。

他大步走在有著成排行道樹、通往城鎮的路上。牧牛妹拉著臺車從後追去。

每當臺車在沙路上搖動，牧牛妹豐滿的胸部也同樣跟著搖晃。

她並不會這樣就累倒，不過仍額頭冒汗，喘起氣來。

「……」

他的步調忽然放慢。但也只是放慢，絕對不會停下來等待。
牧牛妹心情急切，腳步同樣加快了些，來到他的身邊。
「謝謝你喔。」
「……不會。」
他話不多，搖了搖頭。或許是因為戴著頭盔，動作硬是顯得很大。
「要換手嗎？」
「不用，我可以的。」
「是嗎。」
冒險者公會兼營旅店與酒館，送食材過去就是牧牛妹的工作。
而他也要去冒險者公會接委託。這是他的工作。
牧牛妹無法幫忙他工作，所以才覺得若要他幫忙就太過意不去了。
「最近怎麼樣呢？」
牧牛妹一邊拉著喀噠作響的臺車，一邊從大步行走的他身旁偷看他的側臉。
說是側臉，其實他醒著的時候都一直戴著鐵盔。
看不出是什麼表情。
「哥布林變多了。」
他的回答還是很短。短歸短，但有時的確這樣就夠了。牧牛妹開朗地點點頭。

「這樣啊。」

「比平常多。」

「很忙嗎？」

「對。」

「畢竟你最近經常出門嘛。」

「對。」

「工作變多，是好事吧？」

「不對。」他靜靜搖了搖頭。「不好。」

「是喔？」

牧牛妹問了，而他回答。

「沒有哥布林才好。」

「……說得也是」

——真的是一點兒也不錯。

牧牛妹點了點頭。

§

等漸漸來到鋪設過的路段，四周開始聽得見喧囂，聳立在門後頭的建築物也漸漸映入眼簾。

聽說冒險者公會多半都蓋在城鎮入口附近，這個鎮也不例外。

不但蓋在路口，還是鎮上最大的建築物，樓層也高，比兼設養護院的地母神神殿還大。

據說是因為也有很多從外地來委託的人，才要特意蓋得醒目。

牧牛妹心想，簡單明瞭是好事。

除此之外，聽說還有個理由，是希望趕快把這種叫作冒險者的遊民限制在同一處。

——也是啦，如果只看外表，的確有很多人顯得很粗魯呢。

看著街上佩掛齊全武裝、來來往往的人們，以及明明在鎮上仍穿戴盔甲的他，不由得露出苦笑。

「啊，等一下，我去卸個貨。」

「好。」

牧牛妹匆匆將臺車推到後門的進貨入口，鬆了一口氣，擦擦額頭上的汗水。

她搖響搖鈴，把請款單拿給走出來的廚房主廚比對，請他蓋了確認收貨的章。

之後只要拿著請款單到櫃檯去，再蓋一個確認章，送貨工作就結束了。

「久等了。」

「不會。」

牧牛妹趕緊跑回去一看，發現他果然留在原地等待。

兩人一起推開搖擺門，走進大廳，便看見多得足以把陰涼處的涼爽趕得消失無蹤的人潮。

冒險者公會今天也是人山人海。

「那，我去蓋個印章。」

「好。」

雖說剛才請他等待，但到頭來還是要在這裡道別。

他踩著大剌剌的腳步走向牆邊座位，就像訂下了這個位子似的重重坐下。

牧牛妹朝他輕輕揮手，走向訪客大排長龍的櫃檯。

有冒險者，有委託人，也有除此之外的相關人士。

也有很多鍛冶師、收購商與藥販等業者。畢竟冒險者需要很多用品。

「然後啊，我就這樣卸開了巨人(Troll)當頭劈來的一擊，抓準千鈞一髮的空檔切了進去！」

「原來如此，您辛苦了。如果不介意，還請買些活力藥水(Stamina Potion)」

牧牛妹一看，發現在帳房前熱心對櫃檯小姐攀談的，是一名使槍的冒險者。

光是那身鍛鍊得精瘦到極點的軀體，就足以述說他的強悍。

看他脖子上掛著一塊銀牌，想來多半是銀等級。

牧牛妹早就知道那是十等位階當中的第三階。因為那也是他的等級。

「不不不，我可是只靠一把長槍就隻身對抗巨人，怎麼樣，厲害吧？」

「是。我明白巨人是強敵……」

就在這個時候。

櫃檯小姐為難地撇開的目光，轉向了坐在牆邊的他身上。

「啊！」

櫃檯小姐的表情立刻轉為明亮。

「……呃，哥布林殺手！」

長槍手也順著櫃檯小姐的視線望去，認出他後，露骨地啐了一聲，口氣顯得十分嫌惡。

大概是因為他這句話說得格外大聲。

公會內頓時一陣交頭接耳。

冒險者們的視線，又或者是委託人的視線，都接連刺向他身上。

「那傢伙竟然和我們一樣是銀等級啊。」

擺出一副沒轍表情搖搖頭的，是位外表十分亮麗的女騎士。

但她一身白銀的騎士盔甲上，布滿了看得出身經百戰的傷痕，散發出一種非泛泛之輩的風格。

「明明連有沒有本事和厲害的怪物打都很難說，只會專殺嘍囉，等級審查變得可真鬆散。」

「別管他了。反正不會和我們扯上關係。」

一臉無關緊要地對女騎士搖搖手的，是名身穿大型鎧甲的重戰士。

也不知是耍帥或裝模作樣，儘管頂著一身厚重得讓人感到中看不中用的裝備，卻仍顯得若無其事。

從脖子上都掛著銀色識別牌來看，兩人似乎都具備該有的實力。

「喂，你看，我從來沒見過那麼寒酸的裝備咧。」

「連我們的裝備都還比較好一點……」

另一邊則有穿著薄皮甲、拿著短劍，以及身穿長袍、拿著短杖的少年面面相覷。

儘管一樣廉價，但那毫無損傷的全新質感，的確說得上是比較「好」的裝備。

「別說了。他一定和我們一樣是新人，要是被聽見多不好意思？」

一名和這兩人年紀差不了幾歲的少女神官戰士，制止了他們在背後指指點點的舉動。

這些菜鳥少年少女的語氣中，透露一種看出對方比自己低階而鬆了口氣時會有的嘲弄。

他們三人掛著白瓷的識別牌，顯然並未注意到他脖子下搖動的銀識別牌。

「呵、呵呵……」

略顯開心地看著這些情景的，是名把長袍穿得十分嫵媚，戴著尖帽的魔法師。

這位人稱魔女的銀等級魔法師，以妖媚的姿勢抱著法杖，一副事不關己的模樣繼續當她的壁花。

無論是聽過這號人物的資深冒險者，或是沒聽過的新手冒險者，都壓低音量竊竊私語著。

他處在這樣的情勢下卻不顯在意，默默坐在椅子上。

沒有興趣——並非賭氣或虛張聲勢，真的就是沒有興趣。

——所以，就算我生氣也沒用。話是這麼說啦。

雖然沒什麼話好說，但就感覺不是滋味。

牧牛妹不知不覺皺起了眉頭，忽然和櫃檯小姐對看了一眼。

她一如往常笑咪咪的，眼神中卻透出了和牧牛妹同樣的感情。

死心。煩躁。傻眼。以及——一種覺得無可奈何而產生的寬容。

——妳的心情，我懂。

櫃檯小姐一瞬間閉上眼，嘆了口氣。

「那個，不好意思，我先失陪一下。」

「咦？啊，喔、好。拜託囉，畢竟我的英勇事蹟、更正，我的報告還沒說完呢！」

「好的，我明白。」

櫃檯小姐走進裡頭的辦公室，過了一會兒後，又回到大廳露了臉。

雙手捧著一大疊光看就覺得很重的紙張。

她費力地將這一大疊紙張搬到告示板前。

「來喔，各位冒險者們！早上的貼委託時間到了！」

她那響亮的嗓音迴盪在整個公會之中，蓋過了大廳裡的喧囂。

櫃檯小姐大動作揮動雙手這麼一強調，辮子也跟著活力充沛地彈跳起來。

「就等妳這句話啊！」

冒險者們當場眼神一變，大聲歡呼，接連踢開椅子起身湧向櫃檯。

畢竟冒險者這種職業，一旦沒分到工作，很可能就連今天的飯錢都成問題。

況且還會根據委託內容與得到的酬勞，計算出他們身為冒險者的評價。

想提升俗稱「經驗值」的社會貢獻度，邁向更高的等級，這點對每個人來說都是一樣的。

畢竟冒險者的等級，就等同於他們的社會信用。

無論多麼有實力，重要的委託都不會交給白瓷或黑曜等級的冒險者處理。

「適合白瓷等級的委託有……好廉價啊。我不想再去清理水溝了說。」

「我們可沒本錢太挑剔喔？啊，這個怎麼樣？」

「剿滅哥布林啊，不錯嘛，感覺就很適合新人。」

「啊，真好。那我們也去打哥布林……」

「不行啦，櫃檯小姐不是說過嗎？我們要從下水道開始！」

「給我龍，都沒有打倒龍的委託嗎!?我要好好揚名立萬……！」

「勸你死心。你裝備不夠，還是挑個討伐山賊之類的吧，酬勞也不壞。」

「喂，這委託是我先看上的！」

「先拿到手的是我們。你去找別份吧。」

冒險者們爭先恐後從告示板扯下委託書，只見櫃檯前罵聲一片。

慢了一步的長槍手被擠出來而坐倒在地，隨即大吼一聲，再度衝進人群。

「好好好，各位，不可以吵架喔。」

櫃檯小姐看著他們這樣，將笑咪咪的表情貼到臉上。

「……哼～？」

牧牛妹莫名覺得有些不痛快，從櫃檯前走開。

她壓根不想被捲進去，再說看這樣子，大概暫時是蓋不到確認章了。

無事可做的她，把視線從櫃檯轉往牆邊。

「……」

他仍坐在那兒一動也不動。

以前她曾經有一次問他：「不快點過去，工作都會被搶光喔？」

他則簡短回答：「剿滅哥布林的委託沒人搶。」

因為是農村的委託，酬勞也就相對低廉；因為適合新手，老手也不太會考慮。

所以他在等待櫃檯淨空。因為他不必著急。

此外……牧牛妹不說出口，但心裡想著。

——他多少還是有在客氣，至少會等新人拿完了以後，才去接委託吧。

雖然如果向他確認，他多半也只會一如往常地回道：「有嗎？」

「嗯……」

牧牛妹微微猶豫，心想反正都要等，是不是乾脆去他身邊一起等。

而這遲疑非常致命。

「啊……」

因為有人迅速搶在前頭，比她更早走到他身前。

是一名年輕的女性冒險者。她嬌小的身上穿著神官服，手握掛有地母神聖符的錫杖。

「……你好。」

女神官站到他面前，不高興地開了口。接著以不服氣的表情，朝他一鞠躬。

「嗯。」

他只應了一聲，隨即閉上嘴。由於戴著頭盔，連他在想什麼都看不出來。

他似乎並未察覺，女神官因為他連像樣的回禮都沒有而更加鬧起彆扭。

「我照你，上次教的，去買了，護具。」

這種一字一句分開來說的口氣，實實在在就是鬧彆扭的小孩會有的態度。

女神官說完，掀起了神官服的衣襬。

一件全新的鍊甲反射出朦朧的光，包裹她苗條的身軀。

「不壞。」

如果只看狀況跟這句話，相信對女性而言十分侮辱人，但他的聲調中絲毫沒有這種跡象。

這時他才終於面向女神官，把她苗條的身體從上到下打量一番，然後點點頭說：

「就算鍊孔大了點，有這個就擋得住他們的刀。」

「我被神官長冷嘲熱諷得可慘了。說侍奉地母神的神官竟然穿起鎧甲，成何體統。」

「這個人應該不了解哥布林吧。」

「不是這個問題，是戒律的問題……！」

「如果穿鎧甲會讓妳無法引發神蹟，要不要改宗？」

「對地母神的祈禱照樣有效！」

「那，又有什麼問題。」

他這麼一說，女神官就不高興地鼓起臉頰，不說話了。

「……」

「……」

「妳不坐嗎？」

「啊，不，我、我要坐！我當然要坐！」

女神官紅了臉，趕緊在他身旁坐下。沒有肉的屁股碰出一聲輕響。

她把錫杖放到膝上，用雙手握住，縮起身體。她似乎很緊張。

「……唔。」

儘管忍不住低吟，但牧牛妹並非完全沒聽說她的事。

據說是從大約一個月前開始，有個和他組隊的新進冒險者。

兩人在她的第一份工作中認識，後來他就一直在照顧她——這些當然並未提到。

把有一句沒一句的隻字片語拼湊起來，似乎就是這麼回事。

牧牛妹一直擔心他總是單獨行動，所以聽完後的確放下了心，但……

——……真沒想到會是個女孩子呢。

和他一起來到公會，是牧牛妹每天的例行公事，但這還是她第一次看到女神官的臉。

女神官的身體輪廓嬌弱得像是隨時都會折斷，自己的身體則很有肉。

對比之後，她小小嘆了一口氣。

「對、對了，前幾天，那件事！」

女神官自然不知道牧牛妹內心這些天人交戰，滿臉通紅、下定決心似的開了口。

她說話有些破音，有些急促，純粹是因為緊張……大概吧，一定是這樣。

「我覺得用火焰祕藥弄垮洞窟，還是太過火了！」

「那又怎樣。」

他聲調絲毫不變，像在強調如此理所當然的事情還有什麼好討論。

「遠比丟著哥布林不管要好多了。」

「難道，不應該，多想想之後的事嗎？畢竟，說不定，還會造成山崩，之類的……」

「哥布林的問題才嚴重。」

「我就是要說！這種想法不好！」

「……是嗎。」

「還有，還有！那種消除氣味的方式，實在應該再、再想點別的辦法……！」

女神官探出上半身逼問，他則一副嫌麻煩的樣子回應：

「那，襲擊的時間妳記住了嗎。」

女神官當場啞然。

他話題轉得十分露骨。牧牛妹在一旁有意無意地聽著，不由得嘻嘻一笑。

——真的是，從小到現在一點都沒變。

「……要在早晨，或是傍晚。」

「說出理由。」

「是、是因為對哥布林而言，那就是他們的『傍晚』或『早晨』。」

女神官拚命用表情表達自己並不是被說服了，但仍心不甘情不願地回答。

「沒錯。大白天，也就是他們的『深夜』，戒心反而會很重。下一題。攻堅時的步驟。」

「呃，如果可以，就點火把他們燻出來。因為，巢穴裡面，很危險。」

「沒錯。只有別無他法，時間不足，再不然就是要確實殺個乾淨的時候，才闖進去。」

他對邊想邊回答的女神官接連提出問題。

「工具。」

「以藥水和火把為中心，盡量備齊。」

「就這些？」

「還、還有，繩子。繩子不管什麼時候都派得上用場……應該。」

「不要忘了。法術，神蹟。」

「法、法術和神蹟，可以用工具代替，所以要省著用，遇到該用的時候，就不要遲疑。」

「武器。」

「呃，武器……」

「從他們身上搶。劍槍斧頭棍棒弓箭都有。至於發動體之類的我不清楚。我是戰士。」

「……是。」

女神官點了點頭。就像被教師責罵的小孩子一樣。

「要持續換招、換方法，別連續用相同的戰術。會死的。」

「呃、呃，我可以……抄筆記嗎？」

「不行。一旦被偷走，他們會學起來。要記在腦子裡。」

他淡淡講述，女神官則拚命學習，想跟上他的步調。

這實實在在，就是老師與受教學生之間會有的互動。

——他，本來有這麼多話嗎？

牧牛妹腦中忽然浮現這樣的疑問，不自在地動了動。

「好。」他忽然站起。

轉頭一看，聚集在櫃檯前的冒險者正好漸漸散去，鬧哄哄地準備出發。

調度裝備、採買糧食和消耗品、事先收集情報。要做的事情一大堆。

他大剌剌從忙碌的冒險者身旁走向櫃檯，女神官趕緊跟上。

「啊……」

牧牛妹又慢了一步而發出的這聲，和她伸出的手一起撲了個空。

「啊！哥布林殺手先生，早安！您今天也來光顧了啊！」

相反的，櫃檯小姐則表情發亮地迎接他。

「哥布林。」

「好的！今天有點少，但還是有三件委託。」

他平淡地宣告後，櫃檯小姐就以熟練的動作拿起文件。看來是早就準備好了。

「西邊山坡上的村莊有中等規模的巢穴，北邊河流沿岸的村莊有小規模的巢穴，南邊的森林有小規模的巢穴。」

「村子嗎。」

「是啊。還是老樣子，都是農村。哥布林是不是也專挑農村下手呢？」

「也許。」

聽櫃檯小姐半開玩笑地這麼說，他正經八百地點了點頭。

「有沒有已經接走的？」

「有的。南邊的森林有新人接了，應該是附近村莊的委託。」

「新人。」他喃喃道。「陣容呢？」

「我看看……」

櫃檯小姐舌頭輕輕在大拇指上一舔，迅速翻閱文件。

「戰士一名，魔法師一名，神官戰士一名。所有人都是白瓷等級。」

「唔，還算均衡。」

「剛才待在大廳的……只有三個人太勉強了！」

他說得若無其事，女神官卻以迫切的表情插了嘴。

「我們當初也是四個人……」

她臉色發白，身體微微顫抖，雙手用力握緊錫杖。

牧牛妹覺得心中一股不痛快的感覺在翻騰，悄悄撇開了視線。

——我為什麼會沒發現呢？

新手冒險者孤身一人，在第一份工作中遇見他。

明明只要稍微想想，就該猜到這是怎麼回事。

「我是有好好說明過啦……不過他們一直說沒問題沒問題，我才……」

櫃檯小姐顯然知道女神官的情形，以為難的表情說明。

對冒險者而言，一切責任都該自負。

女神官哀求般仰望著他。

「不能丟下他們不管！得立刻去救他們才行……！」

他的回答沒有絲毫猶豫。

「隨妳便。」

「咦……」

「我要去毀掉山上的巢穴。裡頭應該至少會有鄉巴佬（大哥布林）或薩滿。」

女神官茫然看向他的臉。他的臉被鐵盔遮住，看不出表情。

「遲早會發展成大規模的巢穴，到時就麻煩了。沒理由不趁現在毀掉。」

「你、你要見死不救嗎……!?」

「我不知道妳有什麼誤會……但我不能放著這巢穴不管。」

他平淡地說完，搖了搖頭。

「所以，妳儘管照自己的意思做。」

「這樣的話，你不就又要獨自去闖有一大群哥布林的巢穴！」

「我做過很多次了。」

「……啊啊，夠了！」

女神官用力咬緊嘴脣。

即使看在牧牛妹眼裡，也能察覺她在發抖。但她的表情中並無懼色。

「你這個人，真的是讓人沒轍……！」

「妳要來嗎。」

「我要！」

「……她這麼說。」

「哎呀，真的是每次都承蒙您幫忙……！」

被他把話鋒轉到自己頭上，櫃檯小姐合掌朝兩人一鞠躬。

「願意好好接下剿滅哥布林委託的老手，就只有您了呢。」

「……我是白瓷等級。」

女神官不滿地喃喃說道。她噘起嘴脣，就像個鬧彆扭的孩子。

「啊哈哈哈，沒有啦，這個，呃……那，這件委託就由兩位負責，沒錯吧？」

「是啊，雖然我很不情願……！」

女神官心不甘情不願地點了點頭。

他無論何時都做好了萬全的準備。兩人一處理完簽約事務，似乎立刻就要出發。

大步走向出口，途中兩人來到牧牛妹身前。

要出去就一定會從她身邊走過。她該說什麼？還是不該說呢？

猶豫的她，好幾度欲言又止地張開嘴。

到頭來，牧牛妹什麼都沒說。

「我要走了。」

但他卻在她面前完全停下了腳步。就和平常一樣。

「咦？啊……嗯。」

她點了點頭。

「……你要小心喔。」

她好不容易擠出這句話回答。

「妳回去路上小心。」

牧牛妹以含糊的笑容，目送擦身而過時朝她一鞠躬的女神官離開。

直到身影消失為止，他都沒回頭。

§

牧牛妹拉著空的臺車，獨自回到牧場，默默做完了照料家畜的工作。

當太陽慵懶地升到天頂，她便在牧草地上吃了三明治當午餐。

等到太陽總算下山，她就和叔叔兩個人圍著餐桌用餐。

吃完有些食不知味的飯菜後，牧牛妹來到屋外。

蘊含夜氣的冷風輕撫臉頰，抬頭望去，滿天星斗中掛著兩輪月亮。

她對冒險者或哥布林這些事情，都不太清楚。

十年前，村莊受到哥布林攻擊時，她不在場。

那一天，她為了幫忙母牛分娩，獨自前往叔叔的牧場過夜。

當時她年紀還小，從未想到過可以拿這樣的名目，讓大人允許她出去玩樂。

她幸運地躲過了災難——想來就是這麼回事吧。

她不知道雙親怎麼了。

只記得兩具空的棺材並列在一起下葬。

也記得神官講了些煞有介事的話。

爸爸，還有媽媽，不見了。這就是一切。

起初她覺得寂寞，但絲毫不認為這是真的。

然後，如果……如果那一天，沒和他吵架的話。

——如今是不是會有些不一樣？

「……妳這樣熬夜，明天會很累的。」

背後傳來踩踏樹下矮草的腳步聲，以及低沉的嗓音。

牧牛妹回頭一看，叔叔就和早上一樣，一張臉皺成一團。

「嗯，我再等一下就去睡了。」

她這麼回答，然而叔父仍皺著眉，搖了搖頭。

「他是離譜，不過妳也很離譜。他有付錢，所以我讓他在這裡過夜，但妳別太常和他扯上關係。」

「……」

「我知道你們從小就認識，不管以前如何……」

叔叔說了。

「現在的他，已經『脫韁』了。」

妳應該也明白吧？

「……可是啊。」

聽叔叔這麼說，牧牛妹笑了。

隨後她抬頭望著星星。看了看兩輪月亮，以及月亮底下往前延伸的道路遠方。

還看不到他的身影。

「我要再等一下。」

這天晚上，他並未回來。

等到他回來，已經是翌日中午。之後他在床上睡到下個清晨。

到了隔天，他絲毫不顯疲態，和女神官一起前往南方森林的巢穴。

後來她聽說，那幾個前去剿滅哥布林的新手冒險者，到最後都沒回去。

這天晚上，牧牛妹又作了令她懷念的夢。

到頭來，她還是沒能把那句對不起說出口。

第3章『櫃檯小姐的思索』

「救救咱們啊！救救咱們啊！咱們村子裡跑來了小鬼啊！」

「好的，您要委託工作是吧？那麼麻煩在這份文件上填寫必填項目。」

農夫激動過度，把她遞過來的文件捏成一團，櫃檯小姐於是遞出一份新的文件。

這種事情在冒險者公會每天都會上演，對櫃檯小姐而言是家常便飯。

冒險者的工作經常要花上一整天，所以早晨和傍晚會有最多冒險者來到公會。

但委託人這方面就未必如此。

諸神的戰事長年持續，世界充滿怪物的情形發生已久。

有村莊遭到攻擊，乃是司空見慣的事，甚至還曾在村莊附近發現有怪物棲息的古代遺跡。

中午剛過就來到公會的他，也是這些狀況迫切的人們當中的一個。

「再這樣下去，連牛都會被幹掉，田都會被燒掉的啦……」

農夫以顫抖的手振筆疾書，連連寫錯好幾次，每次櫃檯小姐都會遞出新的文件。

沒錯，每當有怪物出現，攻擊哪個村莊，就會輪到冒險者們出場。

龍與惡魔等褻瀆神的名稱比比皆是，有時則是些顯得無力的山賊。

對有言語者而言不共戴天的仇敵——不祈禱者（Nonprayer）。

只不過其中也包含侍奉邪神的神官，所以這個稱呼其實不算太貼切……

而其中數目最多的……不用說也知道，就是哥布林。

「而且咱村子裡的年輕姑娘，就只有咱家女兒啊……！」

櫃檯小姐瞇起眼，看了看他那像是蚯蚓爬行似的差勁字體。頂多只能說不至於看不懂。

會讀寫的農村重量級人物，也只能勉強達到這個程度。

不知為何，那些哥布林盯上的，盡是這種邊境的村莊。

也不知道他們是否出於刻意。也許是因為村子多，也許是因為哥布林多。

櫃檯小姐無從得知這個問題的答案。

「文件的內容沒有問題。請問您帶酬勞來了嗎？」

「嗯、嗯。聽說小鬼會強暴女人，然後吃掉她們，是真的嗎……？」

「確實有這種案例。」

農夫血色盡失，頂著蒼白的臉拿出一只布袋。

櫃檯小姐不改臉上笑咪咪的表情，接過了袋子。非常沉重，然而……

裡頭幾乎全是銅幣，銀幣只有幾枚，金幣則一枚都沒有。

櫃檯小姐從桌下拿出天平，用規定的秤鉈測量金額。

「……好的，已經檢查完畢，沒有問題。」

金額換算成金幣，頂多只有十枚左右。

勉強符合公會章程，雇得起幾名白瓷等級冒險者的金額。

考量仲介委託時要抽的手續費，也許會是赤字。

然而，考慮到這些沾滿泥土、生鏽、新舊摻雜的大堆貨幣背後隱含的意義……

無法了解這種意義的人，多半站不了公會的櫃檯。

「請您放心。幾天之內，一定會有冒險者前往討伐。」

櫃檯小姐在內心的每一個面都貼上笑容。農夫鬆了口氣似的點點頭。

相信他一定想著，會有一群光鮮亮麗的冒險者出現，瀟灑地解決問題。

櫃檯小姐知道事情不會這樣發展。會被送去的都是白瓷等級的新手冒險者。

而他們之中大部分會受傷，運氣不好的話還會喪命。村莊毀滅的最壞情形，也有可能發生。

正因如此——儘管有可能只是聊以慰藉，但所有酬勞都是事成之後才給付。

小鬼——哥布林不會絕跡。甚至有句話說，每當有人犯下什麼失敗，世上都會誕生一隻小鬼。

他們就只有數量多，在攻擊村莊的怪物物種之中最為弱小。跟巨人（Troll）完全沒得比。

沒錯，哥布林的智慧、力氣和體格，都只有小孩子的程度。

反過來說，也就表示他們有著和小孩同等的智慧、力氣與狡猾。

而剿滅哥布林的酬勞很低廉。老手嫌麻煩，不會接這種委託。

到頭來，還是只能送新人去解決。

讓他們去剿滅哥布林，弄得非死即傷。

即使第一批冒險者全軍覆沒，到了第二次或第三次，哥布林也一定會被剿滅。

沒錯。正因最終都會被剿滅，所以國家不會採取行動。

因為國家有其他更需要處理的大事。例如惡魔。例如混沌的勢力。

「那，就拜託你們啦……萬事、萬事拜託你們啦。」

農夫辦完各種手續後，連連行了好幾個禮，這才離開公會。

櫃檯小姐一邊笑咪咪地目送她離開，一邊強忍嘆息。

「這樣就是今天的第三件了。」

是要把三組新手冒險者送進死地，還是等待三個村莊滅亡呢？

光是想到這，就覺得胃一陣絞痛。心情好不起來。

櫃檯小姐當然也會對新手冒險者講解，強調任務的危險，並介紹其他委託。

但剿滅下水道的老鼠這種「冒險」，似乎不合他們的意。

相對的，老手冒險者則樂於剿滅深山裡的怪物。

會前往剿滅哥布林，並平安回來的冒險者……非常少。

愛作夢的初學者占了一大半，剩下的只有一小撮老手。

人才青黃不接，永遠是冒險者公會的一大煩惱。

樂意去對付棘手到了極點的哥布林，經驗又豐富的冒險者，是不存在的。

「……雖然也只是**幾乎**不存在啦。」

櫃檯小姐對自己的想法發起牢騷，頭趴到了桌上。

擦得一塵不染的桌板冰冰涼涼的，讓發燙的額頭與臉頰覺得十分舒暢。

她非常清楚，無論考慮到她這個家世良好的千金小姐所受的教育，還是做為一位公務人員，這樣都很沒規矩。

但有時候，就是會想像這樣不顧一切地放鬆一下。所幸現在也沒有客人上門。

——不知道他會不會早點來……

這時忽然聽見一陣搖鈴聲，公會的門開了。

櫃檯小姐驚覺不對，猛然抬頭。

「小姐！我去剿滅盜賊團啦！」

跑進來的是那位使長槍的冒險者。也不知道他在開心什麼，一張臉都笑垮了。

櫃檯小姐和扭腰擺臀走在他身後的魔女對看一眼。

對方閉起一隻眼睛，像在對她說「真對不起」。櫃檯小姐立刻把笑咪咪的表情貼到臉上。

「辛苦了。那麼可以請您報告嗎？」

「哎呀，真的很辛苦啊！畢竟他們整團人盤踞在幹道上吶。」

「辛苦了。詳細情形還請記錄在報告書上提出喔。」

「雖然他們人多，但又有什麼了不起？管他二十個還是二十一個，我就直接殺了進去！」

「辛苦了。要恢復體力，這邊推薦您活力藥水喔。」

「……請給我一瓶。」

「好的，謝謝您的惠顧！」

出入公會的業者幫忙仲介的商品，品質終究不怎麼高。

這種提神飲料也不是什麼魔法藥物，而是由數種藥草混合而成。

即使如此，還是有助於恢復體力。讓冒險者帶在身上，需要時就喝，應該有益無害。

再說只要能像這樣推銷給冒險者，這些收入也就可以用到各方面去。

——不過，我以後再也不要把臉貼到桌子上了。

櫃檯小姐笑咪咪地看著長槍手趴在桌上，一邊暗自下定決心。

這時搖鈴又響了。

「啊！」

「呃……！」

看到從門口出現的人物，櫃檯小姐表情一亮，長槍手露骨地啐了一聲。

這人大剌剌走來，步調隨意又粗暴。

他穿戴髒汙的皮甲與鐵盔，是名裝扮顯得廉價而寒酸的冒險者。

不用去看他掛在脖子下的銀色識別牌，待在這個分部的所有人都知道他是誰。

哥布林殺手。

「辛苦了！您還好嗎？有沒有受傷？」

「沒有問題。」

先前貼上的笑容，被一種花朵綻放般的微笑由內衝破。

哥布林殺手不理會長槍手難以言喻的表情，點點頭說：

「雖是小規模巢穴，但有鄉巴佬（大哥布林）。費了點工夫。」

「詳細情形我馬上聽您說，還請先坐下來休息……啊，我順便去泡個茶！」

櫃檯小姐活力充沛地甩動辮子，像隻陀螺鼠（註2）般跑來跑去，鑽進櫃檯後頭去了。

註2　又稱舞鼠，一種基因突變的玩賞鼠類，因三半規管先天異常，具有在原地轉圈的習性。

哥布林殺手不客氣地在椅子上坐下，不經意和身旁的長槍手目光交會。

他似乎這才察覺到自己正在被對方瞪，唔了一聲。

「如果插了隊，我道歉。」

「……也沒有。我都報告完了，沒差啦。」

「是嗎。」

使長槍的冒險者暗罵，從座位踹了一腳站起。

而他走向的一張長椅上，則有賊笑兮兮，彷彿看透這一切的魔女在等著他。

「畢竟，盜賊，這種貨色……只要，不走那條路，他們自己，就會餓死了。」

「少囉嗦！都我不對可以吧！就算炫耀一下又有什麼關係嘛！」

「你說炫耀……」她嫣紅的嘴脣彎成弧形，小聲說：

「也有，靠，我的法術，耶？」

「……這我當然知道。」

「好啦。邊境，最強，別鬧彆扭……」

長槍手鬧起脾氣，雙手抱胸。魔女看他這樣，又笑得十分開懷。

櫃檯小姐聽著他們兩人的對話，哼了一聲，在內心吐了吐舌。

她當然明白，剿滅盜賊團也是像樣的工作。

那位長槍手同為銀等級——名聲也很響亮，說到「邊境最強」指的就是他。

所以她並未輕忽他，也不打算對他失禮。是沒這麼打算，但……

一個就只是很強的冒險者，另一個則會率先接下沒人想接的工作。

——面對這樣的兩個人，會有不同的應對，不也是理所當然的嗎？

所以，這並不是私情。絕對。大概。

§

一只漂亮的陶瓷杯輕輕端到他身前，淡色的紅茶冒著熱氣。

哥布林殺手從頭盔的縫隙把茶往嘴裡灌。他根本不管茶香或滋味如何。

要知道這可是她私人從都城叫貨的茶葉，再滴上幾滴活力藥水而成的珍藏好茶……

「呃，總之，您辛苦了。」

這已經是家常便飯，所以櫃檯小姐也不放在心上，盡量說得委婉。

「最近您都有組隊，很久沒有像這樣單獨行動，會不會覺得辛苦？」

「我以前也是一個人，總會有辦法。」

他放下茶杯，點了點頭。光是看他喝得一滴也不剩，她就心滿意足了。

——至少他從不曾拒絕自己泡的紅茶。

「這樣啊。」

只是……她也並非全無其他想法。

本來已經放棄的女神官，蒙他救回一條命，對此她是純粹覺得高興。

光是平常總是單獨行動的他得到了同伴，就讓她感到放心。

——不過，跟女生獨處就有點，唔唔……

唯一不幸中的大幸，想必就是他為人硬派到不行，而那名少女是個虔誠的神職人員了。

……她想相信，這當中沒有任何差錯。

哎，真要說的話，打從他寄宿在牧場那時開始，就該比現在多擔心好幾倍了呢。

實際上，女神官表示有身為神職人員的工作要做，大約從三天前就一直在神殿裡閉關。

聽說她這兩天就會回來，與哥布林殺手會合。

而他就連這幾天的空檔都會來接委託，然後解決掉，真的很像他的作風。櫃檯小姐想到這不由得笑了笑。

「怎麼了。」

「沒有……還請您千萬不要勉強或逞強喔？」

「逞強就能剿滅哥布林，我當然會逞強。但若事情這麼簡單，就用不著辛苦了。」

他一如往常，用淡然的語氣貫徹剿滅哥布林的話題。

櫃檯小姐一邊把他的話整理成記錄，一邊假裝低頭看文件，卻在偷瞄鐵製頭盔。

當然完全看不到他的表情。看是看不到，然而……

櫃檯小姐認識他……記得已經有五年了。

在都城研修完而剛被正式分發到這裡的時候。

他也突然以一個新手冒險者的身分，出現在公會。

當時她並不覺得對方有什麼特別……應該是。

只不過，每當她分發不完剿滅哥布林的委託時，他一定會出現。

而他一定會回來，也一定會達成委託。無論什麼時候，一定。

他不拿實力壓人，也從不炫耀功績。

就只是一直淡淡地做著該做的事，一路升到銀等級。

不枉她提醒哪些行為太危險，並不著痕跡地關心他，提心吊膽地等他回來。

——打從認識開始，他的裝備就不曾變過，但這模樣也早已見慣了。

櫃檯小姐察覺臉頰因懷念而笑開，但並不試圖繃緊。

「真的，每次每次都承蒙有您幫忙。」

「是嗎？」

「是！」

「……是嗎。」

櫃檯小姐輕輕舔了舔拇指，翻閱文件，一如往常地確認剿滅哥布林的委託。

這段期間，包括今天在內，他也去剿滅了哥布林。其他初學者當中，也有些團隊順利成功。

究竟是冒險者變多，就會形成小鬼的巢穴；還是小鬼的巢穴形成，冒險者才會變多？

「為什麼哥布林會這樣三天兩頭攻擊村莊呢？」

櫃檯小姐臨時想起似的，忽然提出了自己的疑問。

還補上一句，如果只是像蜥蜴人(Lizardman)那樣有著文化差異，大家就可以輕鬆點了。

「……哥布林，攻擊人時都很樂在其中吧？」

對櫃檯小姐而言，這終歸只是閒聊。

就只是有著哥布林這個共通點。有一半像在發牢騷，她就只是如此看待這個問題。

「怎麼，原來是要問這個嗎。」

他開口了。說這件事很簡單。

「……妳想想，如果有天，你們的住處受到怪物攻擊。」

櫃檯小姐雙手放到膝上，端正坐姿。

她將意識集中在雙耳。這是要聽他說話的態勢。他侃侃而談的情形不太常見。

——沒錯，某天，自己住的地方突然受到一群怪物襲擊。

他們把這裡當自己家似的昂首闊步，殺了朋友，殺了家人，到處劫掠。

除此之外，假設還有自己的姊姊之類的親人被攻擊，被強暴，被當成玩物，被殺了。

假設這些傢伙放聲大笑，為所欲為，還把家人的屍體隨意棄置。

假設自己躲起來，屏氣凝神，從頭到尾看著這樣的光景。

不可能原諒得了這些傢伙。

一定會拿起武器，鍛鍊自己，思考，成長，心想無論如何都要報復，然後化為行動。

搜索，逼得這些傢伙無路可逃，開戰，攻擊，殺，殺，殺個不停。

當然了，有時會成功，但多半也有失敗的時候。

那麼下次要怎麼殺？要怎麼殺才好？就這麼一直思考好幾天，好幾個月。

當然如果有機會，還會把想到的點子都一一試過。

試著試著——……

「就變得樂在其中了。」

櫃檯小姐吞了吞口水。

「請、請問，您說的，是……」

櫃檯小姐不明白他說的到底是不是哥布林。

甚至覺得，眼前這個男人說的會不會就是自己。

但她尚未提出這個疑問，對方就說了下去。

「有些糊塗的『善良』傢伙，擺出一臉自鳴得意的表情說要放過小孩。」

──作夢也沒想到這些小孩會為了活下去而攻擊村莊，搶走家畜。

櫃檯小姐覺得自己微微發抖，但仍點了點頭。這番話很容易理解。

志願成為冒險者的年輕人，以及白瓷等級的冒險者，常會自信滿滿地這麼說。

說自己曾經趕走過跑來村莊的哥布林。說那只是小角色，不用怕。

那些村子裡喜歡炫耀蠻力的人所趕走的小鬼，說穿了，也只是住處被燒毀而逃出來的難民。

這些人類因此產生自信，去當冒險者。

相對的，累積經驗而生還下來的哥布林，則被稱為「過客」，繼續成長。

用不了多久，「過客」就會成為巢穴的族長，抑或保鏢。

最終究竟會是哪一方獲勝……想來並非取決於實力，而是運氣。

「說起來，事情就是這麼發生的。」
他說得很平淡。
「換言之，我等於是對他們而言的哥布林。」
櫃檯小姐說不出話來，倒抽一口氣。
該如何接受心中這股翻騰的情緒？不，更重要的……是他。
櫃檯小姐呼出一口氣，心想：這個人真是的。
——真的是喔。
「……我說啊。」
「怎麼？」
比起憐憫、悲傷，甚至同情……
「照您這個說法，把委託仲介給您的我們，會變成什麼呢？」
「唔……」
——莫名地就是有股怒氣搶先湧起。
櫃檯小姐一如往常，把笑咪咪的表情貼到臉上，手指用力敲了敲櫃檯。
「難道是魔神或邪神之類的東西嗎？好過分，我的臉有那麼恐怖嗎？」
「……我倒沒這意思。」
「聽起來就是這樣啊！」

櫃檯小姐用力一拍桌，他就為難地「唔」了一聲。

「你要老是說這些話，公會的風評會變差的！」

「……唔。」

「要是事情弄成那樣，到時候我可不幫您介紹委託喔？」

「……那樣，我會很困擾。」

「對吧？」

他老實承認困擾的模樣，有點像是青澀的少年。

貼在臉上的笑容，自然而然地差點笑開。

「您在做必須有人去做的事情。這點還請您抬頭挺胸。」

不然可是會拖累公會和我們的評價喔——她搖搖食指，如此暗示。

本來就是這樣嘛。再怎麼說，他都是自己負責的冒險者。何況還不只如此。

「畢竟你可是銀等級的冒險者。」

「…………」

這次換哥布林殺手不說話了。

沒錯，他戴著鐵盔，所以看不見他的表情。

但都認識五年了，即使看不到表情，也不至於完全無法理解。

「……那，哥布林在哪？規模呢。」

© Noboru Kannatuki

「好好好。」

——今天就這樣放你一馬吧。

櫃檯小姐嘻嘻笑了幾聲，同時迅速將手上的委託書疊起來遞了過去。

她遞出三張文件，他從中選擇了一張。

這從數天前就留著沒人接的委託，不用說也知道，是剿滅哥布林。

「是在北邊的深山上。村子旁就有個老舊的堡壘，還是該叫作山寨？」

「哥布林賴著不走？」

「是啊，已經發生災情了。除了委託人的妹妹被擄走……」

櫃檯小姐翻動紙頁，微微嘆了一口氣。雖然這樣不太好。

「好心前往救助的路過冒險者，也尚未歸還。」

「……已經遲了啊。」

哥布林殺手平淡而冷靜地說了。

「考慮到往返的天數，應該已經沒救了。」

但他站了起來。一如往常，毫無遲疑。

「不能放著不管。只要趁現在剿滅，就不會變得更大。」

「……是。」

啊啊，就是因為這樣。

就是因為這樣，他才會是銀等級，邊境最優秀。

要和強大的怪物戰鬥而且打贏，相信總會有人辦得到。

但能夠**持續抗戰**的人，又有多少呢？

有人多虧他的努力而得救。

他為社會做出了貢獻。

——至少，我，就得到了解脫。

那麼，自己該為他做什麼？又能為他做什麼呢？

「那麼，就拜託您了……哥布林殺手先生！」

得讓他能夠抬頭挺胸才行！

第4章 『山寨火劫』

結束一場為時三天三夜的盛宴，這群哥布林大為滿足。

被汙物、腐臭與屍體徹底汙染的壯麗大廳裡，獵物們的殘骸散了一地。

這陣子本來只有一隻瘦巴巴的獵物，後來卻有足足四隻新鮮的獵物上鉤。

而且全都是母的。凡人（Hume）自不用提，連森人和圃人都有。

也難怪這群哥布林會興奮，這是一場無拘無束——雖然他們本來就不拘束——的盛宴。

這群可憐的女子，遭到數目遠超過她們的哥布林群起蹂躪。

她們有什麼下場，相信已經不必多說。

然而她們並非只是單純的村姑。

儘管程度有別，但她們衣服被撕得殘破不堪而露出的肢體，都顯示經過充分鍛鍊。

她們皮膚晒黑，留有傷痕，每次遭受玩弄，裹在柔軟脂肪中的肌理就若隱若現。

而在大廳角落，則有劫掠來的盔甲與劍盾堆積如山。

她們是第八階的鋼鐵等級冒險者——不，應該說曾經是。

相信她們當中已經沒有一個人還有呼吸。

——為什麼事態會弄成這樣？

率領團隊的貴族千金臨死之際，腦中浮現了這樣的疑問。

為了拯救被擄走的村中少女，義憤填膺而展開冒險，是如此錯誤的事嗎？

她們挑準哥布林睡覺的正午，無聲無息地潛入，不能說她們有所怠慢。

過去森人以老樹蓋成的山寨，對冒險者而言是一處未曾踏足的遺跡，一座沒有地圖的迷宮。

所以，她們並未掉以輕心。

她們在小小的村子裡，盡可能備妥了裝備，也早已理解到哥布林有數量優勢。

她們非得從盤踞在山寨當中的那些哥布林手中，救出被擄走的少女不可。

她們經過多次冒險而鍛鍊出來的實力，不是剛出道的初學者所能相比。

她身為前鋒兼隊長，拿起武器擺好備戰架式，遺圃人獵兵查探四周。

後衛森人魔法師準備法術，凡人僧侶祈求神蹟。

她們組成隊伍，毫不鬆懈，一步步進行探索，這當中到底有哪個環節錯了呢？

如果要冷酷地告知真相，那麼她們，就只是運氣差了點。

第一，這說來有些理所當然，那就是山寨中存在許多機關陷阱。

諷刺的是，當年森人為了擊退哥布林而設置的陷阱，現在卻轉而保護了這些哥布林。

為了找出並解除這許許多多縝密、細膩又致命的陷阱，讓獵兵精疲力盡，也是一大要因。

她們雖然進到了山寨最深處，獵兵卻在最後關頭，忽略了警報機關。

「大家準備應戰！」

梆子聲劇烈響起，隊長一聲令下，她們迅速組成圓陣。

魔法師站在中央，隊長、獵兵、僧侶三人守在外圈。

即使稱不上銅牆鐵壁，仍是充分牢固的戰鬥態勢。

但包圍並湧向她們的哥布林多得超乎想像。

說穿了就是數量暴力。

獵兵有著天縱英才的射擊技術，但終究無法射殺比箭還多的敵人。

魔法師施展多達第四次、甚至第五次法術，但隨即氣力放盡。

僧侶所帶來的神蹟與加持，也在她疲憊得無法再維持祈禱後，就消失無蹤了。

過不了多久，揮劍殺得全身是血的隊長也精疲力竭，被哥布林拉倒，圍獵就此結束。

現場屍橫遍地——想必還花不到一個小時吧。

接著盛宴就在這一大堆被箭射穿，被砍殺、被焚燒的屍體上開始了。

「咿、咿……！」

森人害怕得發出抽搐的叫聲，圃人一張臉哭得皺在一起。

「不、不要過來，不要過來啊……」

僧侶只能無聲地祈禱，隊長緊咬的嘴唇甚至滲出了血。

面對這幾個相互依偎、擁抱，全身發抖的獵物，小鬼們舔了舔嘴唇。

第三個運氣不好的地方，就在於敵人是哥布林這點。

換做平常，小鬼只會拿俘虜當食物或孕母，而且多少會省著用。

但今天不一樣。

他們有許多同伴遭到冒險者殺害，完全不打算讓她們輕易解脫。

對哥布林而言，犧牲同胞而打贏、活下來，是天經地義的道理。

他們絕對不會為同胞的死哀悼。只有同胞遭到殺害而產生的憤怒與仇恨，會深深扎根在他們心中。

「GARUURU——」

「GAUA——」

由於從女人們身上搶來的糧食當中還包括了酒，讓這群哥布林大為亢奮。

喝醉的哥布林那小而毒辣的腦袋，接連想出各種殘忍的遊戲。

而且他們打算就在近日內，大舉進攻並劫掠山腰上的村莊，所以盛大地把俘虜用完就丟，也不會吃虧。

畢竟那個被囚禁的可憐村姑，應付不了幾十個小鬼，早就已經斷氣。希望已經斷絕。

衣服被剝開、身體被哥布林按住的隊長，放聲嘶吼：

「混帳東西！要凌辱就從我開始！」

她生為貴族千金，侍奉司掌法律與正義的至高神，當了遊歷各國的自由騎士。早有覺悟無論面臨多麼邪惡的拷問，都絕對不會屈服。

然而，前提是犧牲的人是自己。

首先獵兵就在她眼前，被當成弓箭的靶亂箭射殺。隊長抓住哥布林不放，求他們饒了同伴的命。

僧侶被殺前試圖咬舌，所以哥布林把同胞的內臟塞進了她嘴裡。

魔法師在眼前被活活燒死時，她的心已千瘡百孔，靈魂更破碎四散。

等到這些哥布林一擁而上，實現隊長的願望，已經是過了三天三夜的時候。

不幸中的大幸，是她早已麻木。要是她神智清醒，相信這段時間對她而言無異於人間煉獄。

直到第三天，她那不成人樣的屍骨被丟進河裡為止，她所遭受的對待簡直是筆墨難以形容。

漂流下來的冒險者屍體，以及迴盪在山谷中的鬨笑聲，讓山腰上的村民們嚇得直發抖。

但凡事都有例外。

比如說，在夜風吹過的外牆上，拿著簡陋的長槍站哨的哥布林。

他，就只有他，並未發笑。

當然不是因為他對這些可憐的女子起了同情心。

就只是因為被排擠未參加宴會，讓他覺得很沒趣。

監視山腰村莊的任務被推到這個哨兵身上，讓他無法參加這次的「狩獵」。

既然並未參加狩獵，當然也就沒資格加入「享樂」。

被同胞這麼一說，他也無從反駁，於是就順理成章被趕到外牆上了。

刺骨的山風呼嘯而過，讓哨兵在寒冷的外牆上肩膀發抖。

真的是抽到了下下籤。

他分到的就只有一根燒焦的手指。既然都是手指，他更希望能分到圃人的手指。

哨兵哥布林叼著這根手指來排遣沒東西吃的感覺，依依不捨地品味之餘，深深呼出一口氣。

他不會想到，如果沒來站哨，說不定已經在山寨裡和冒險者交戰而死。

畢竟所有哥布林，都打算讓同伴先上，自己則躲在安全的地方伺機撲上去。

然而一旦有同伴被殺，他們又會憤怒，所以這種個性實在棘手……

「GUI……」

真要說起來，如果是去勘查要攻擊的村莊也就罷了，為了警戒外敵而站哨，真的有意義嗎？

這些哥布林對此不感興趣，但這座山寨是很久很久以前，由森人所建立的。

隨著森人離去，這座山寨被遺忘，成了空殼，後來住進來的就是哥布林。

對小鬼來說，重要的就只有這座堡壘非常堅固、安全，而且適合捕捉獵物。

於是前人打造出來的陷阱、機關、壁壘，這一切都成了哥布林的東西。

這座堡壘根本不需要哨兵。擔任哨兵的哥布林大感不滿。

所以，當他注意到**那個**時，內心充滿了喜悅。

「Grrrr？」

──是冒險者，而且有兩個。

一名穿戴髒汙皮甲與鐵盔的戰士，大剌剌地從樹林間現身。

他手上綁著一面小盾，背上掛著箭筒，腰間佩著劍。

但這種看起來就很弱的傢伙根本不重要。

哨兵哥布林看上的，是站在戰士身旁的另一個人。

是一名表情不安，雙手緊握錫杖，以生硬姿勢站立、身穿神官服的嬌小少女。

她的錫杖不可思議地發著光，在昏暗的森林裡照亮了她清秀的眉目。

哨兵哥布林舔了舔嘴脣。這女子雖然沒什麼肉，但既然是新的獵物，自己也就有得享受。

他醜陋的臉一歪，流著口水，轉過身去呼叫同伴。

這是非做不可的行為，但即使如此，他仍不應該將目光從冒險者身上移開。

戰士彎弓搭箭，拉出滿弦。

箭頭上裹著事先泡過美狄亞之油的布。女神官用打火石往箭頭上一敲。

「GAAU！」

「GOURR！」

被叫到而往外湧出來的一大群哥布林，紛紛指著冒險者叫嚷。

——然而他們已經遲了。

「真不是普通的多啊。」

哥布林殺手在頭盔下喃喃說完，射出了箭。

火焰箭插在木造的牆上，讓火舌迅速延燒，哥布林發出哀號。

接著第二枝火焰箭飛去，轉眼間火勢更增。

「GAUAUAAAAAA!?」

想逃走的一隻慌了手腳，一腳踩空，拖著同伴從牆上重摔而亡。

那名哨兵也包含在內，但哥布林殺手對他沒有興趣。

「三。」

他淡淡地數著，又射出下一枝火焰箭。

當然了，火對森人而言是天敵。換做在過去，相信無法這麼輕易地進行火攻。

然而能祈求精靈讓火勢衰滅的森人，已經不在這裡。

想來自古就架設完備的防火結界，早已消失無蹤。

聳立在眼前的，就只是座無比堅固，卻為木造的堡壘。

「不用再幫我點火了，做好準備。」

「啊，好、好的！」

女神官聽到拉弓的哥布林殺手指示，就像溺水的人抓著浮木不放似的，雙手握緊錫杖擺好架勢。

磨耗靈魂來對神懇求的祈禱開始了。

護著她的哥布林殺手，用弓箭射穿了想從縫隙間逃跑的哥布林眉心。

這隻哥布林彷彿頭上長出一枝箭，往後一仰，就這麼倒向開始燃燒的山寨內。

「蠢貨。四。」

下一瞬間，石子發出一聲悶響，打在他的頭盔上。

「——！你還好嗎!?」

「……別嚷嚷。」

女神官專注的精神一亂，大聲呼喊，他嫌麻煩似的回應完，輕輕搖了搖頭。頭盔上多了個凹陷。

咂舌後轉頭一看，只見一隻站在縫隙間的哥布林拿著一條繩索。

投石索是種威力強大的武器。

儘管就只是把用繩索套住的石頭甩出去，卻能產生致命的速度與威力。

最重要的是彈藥幾乎不會耗盡，對哥布林殺手而言也是很棒的優點。

還有，哪怕投石索落入哥布林手中……

「若是洞窟就罷了，這種距離能幹麼。」

既然不是在封閉空間裡被迫進行接近戰，那麼以哥布林的力氣，根本算不上威脅。

他們也不可能有足夠的技術瞄準，剛才那一下應該當作湊巧。

即使如此，換成會在意頭盔難看而不保護臉孔的新手，現在已經是另一回事了……

哥布林殺手做事十分徹底。

他隨手一箭回敬哥布林投石手，箭頭射穿了目標的喉嚨而致命。

面臨熊熊燃燒的火焰，夜間能否視物，已經完全不構成障礙。

「五……差不多要來囉。」

他這句話說得沒錯，山寨入口的火焰散去，已經有幾隻哥布林趕到。

這些哥布林把酒、獵物和戰利品都拋開，爭先恐後地推開同伴想逃走。

然而在住慣了的山寨裡拚命跑了一會兒，他們的恐懼似乎就變成了憤怒。

他們醜陋的臉上，充滿了對守株待兔的哥布林殺手與女神官的殺意。

腦中充斥邪惡的妄想，心想等離開這熊熊燃燒的山寨，一定要把他們兩個狠狠凌辱一番再殺死。

這些哥布林各自拿起武器，撲向站在入口的女神官……

「『慈悲為懷的地母神呀，請以您的大地之力，保護脆弱的我等』……！」

——於是他們紮紮實實地一頭撞上隱形的牆壁，滾回山寨之中。

一道神聖的力場聳立，封鎖了山寨入口，堵死了這些哥布林的去路。

是慈悲為懷的女神以「聖壁（Protection）」神蹟遮蓋，保護了她虔誠的信徒。

「GORRR!?」

「GARAAR!?」

這些哥布林注意到他們的出路被堵死，陷入恐慌狀態。

他們用手、用棍棒敲打這堵隱形的牆壁，但仍然出不去，隨即發出悲痛的哭喊聲。

沒過多久，這些哥布林的身影漸漸被煙霧與火焰阻隔，從入口處再也看不見了。

「因為我聽說妳得到了新的神蹟啊。」

哥布林殺手隨手殺死想從縫隙間逃生的哥布林，然後說出這句話。

「六。多虧妳，才能這麼省事。」

「……竟然把『聖壁』的神蹟這樣用……」

女神官說話的嗓音都沙啞了。當然，這並不是因為吸進了燒灼活物的煙。

這幾天來，她之所以不出神殿一步，就是為了通過獲得新神蹟的考驗。

在野的神職人員，會隨實力與位階提升，蒙神恩賜新的神諭與神蹟。

「聖壁」就是她通過考驗，而得到授予的兩種神蹟之一。

看來她的信仰，要比她自己認知中更為堅定。

只不過神官長誇讚她數度冒險成果的這段時間，讓她感到極為不自在……

但她相信只要有新的神蹟，就能扶持哥布林殺手，於是決心參加考驗。

結果就是現在這樣。

——真不知道地母神是為什麼把這種神蹟賜予我……

女神官無奈地嘆了口氣。

「說不定有後門，或其他逃生路線。別鬆懈。」

「……真虧你想得到這種事。」

「想像力是武器。」

哥布林殺手說話之餘，仍毫不大意地彎弓搭箭。

「沒有想像力的人會先死。」

「……就像先潛入的那幾位，是嗎？」

「沒錯。」

山寨在燃燒。

相信亡者的靈魂，也都將蒙各自所信仰的神寵召。

哥布林、冒險者與被擄走的村姑肉體盡皆化為焦炭，黑煙往天空竄升。

「滅火的準備也做好了。等燒完，我會去把漏網之魚清理乾淨。只不過……」

哥布林殺手毫無感慨地仰望黑煙，淡淡地說了：

「……要有銀等級的樣子，果然很難啊。」

女神官心痛地看著他。

他的臉被鐵盔遮住，看不出表情。明明看不出來，但……

女神官不知不覺地將雙手在小小的胸前合攏，跪下來祈禱。

火焰的熱氣與黑煙凝成烏雲，掩蓋天空，過沒多久，化為一滴滴黑雨落了下來。

她全身被雨滴打著，聖袍也被染黑，但仍不斷祈禱。

就只是希望能有救贖。

雖然她不明白，這救贖是針對誰，針對什麼事物——……

§

「小鬼殺手犀利的致命一擊（Critical Hit），破空劃過小鬼王的頸部。」

吟遊詩人撥響魯特琴的琴弦。

「噢噢，看啊。那燃燒的刀刃，由真正的銀鍛造而成，絕不背叛其主。」

傍晚時分，這樣的音色在大道上響起。雄壯又悲戚的旋律，讓人們不知不覺駐足傾聽。

「小鬼王的野心終於潰敗，美麗的公主被救出，於勇者懷中倚伏。」

客群不分男女老幼，貧富貴賤，這也正合吟遊詩人之意。

這段敘事詩有些另類，能否引起所有人的興趣，全看自己的實力。

「然而，他正是小鬼殺手。既誓言流浪，就不容他覓得歸宿。」

前排的人們聽得起了興趣，年輕女子發出熱切的嘆息。

吟遊詩人按捺住差點得意得浮現在臉上的笑容，始終一派莊嚴。

「公主伸出的手抓了個空，勇者頭也不回地邁步。」

淚水潸然落下。

「邊境勇士，小鬼殺手的故事，山寨火劫之回，就先到此告一段落……」

聚集在都城大道上的聽眾，在一陣陣交頭接耳的聲浪中紛紛離去。

吟遊詩人站在觀眾們大聲丟進帽子裡的零錢前面，優雅地一鞠躬。

在危險的邊境，願意不計得失，接下剿滅哥布林委託的銀等級冒險者。

對於飽受哥布林之苦的各個村莊而言，他簡直就像白金勇者。

一位來去如風的勇士。

拿偶然聽到的傳聞編出的英雄故事，似乎頗受好評，對吟遊詩人而言是再好不過。

「……我問你。」

一道清新的嗓音傳來。詩人突然被人叫到，維持彎腰撿賞錢的姿勢，就這麼抬頭看去。

儘管聽眾們已經散去，卻有名用外套把整個頭部都罩住的人物站在那兒。

「你剛剛唱到的冒險者，真有其人嗎？」

「是啊，當然了。」

詩人堂堂正正地挺起胸膛回答。

這年頭，詩人所歌詠的英勇事蹟，都會被視為真相。

他自然說不出只是拿傳聞編排而成這種話。

最重要的是，詩人至今仍靠這位他素未謀面的剿滅哥布林高手，賺進大把銀子。

若不回報這份恩情，就是在敗壞詩人這一行的名聲了。

「就在從這裡往西的邊境，走個兩三天就會到的一個鎮上。」

「這樣啊」穿外套的人物點點頭，緩緩掀起了兜帽。

這人修長的全身都穿戴著獵人裝束，背上背著一張大弓。

現身的是一名貌美的苗條女子。

吟遊詩人不由得瞪大眼睛。這並非只針對她的美。

更是因為她的耳朵就像竹葉一樣尖且長。

「……歐爾克，博格。」

輕輕唱出不可思議旋律的她——是森人冒險者。

間章 「櫃檯小姐」

您好，歡迎來到冒險者公會！請問是要委託嗎？是的話……

咦？採訪？呃……這算是業務沒錯吧？可以？太好了。

咳。

冒險者公會——呵呵，常有人說遊民怎麼也有職業公會，真是太奇怪了。

事實上，據說最早最早的起源也不是什麼公會，而是有冒險者聚集的酒館。

還傳說當時的國王，為了支援勇者——後來的白金等級冒險者，才叫人整建成公會。

現在本公會已經是不折不扣的公家機關。像我也確實通過了考試才任職，是個不折不扣的公務員喔？

我是才女呢，才女……呵呵，雖然我身邊的同僚也都是，所以沒什麼好得意的。

不管怎麼說，成立公會可是大大押對了寶。

冒險者只要好好努力，就能確實獲得受公開認證的信用，而信用能夠帶來好的工作。

委託人可以用等級來判斷冒險者的實力，也不會被迫付出不合理的酬勞。

還有，你想想，故事裡不是常常有那種橋段嗎？

就是某個流浪的冒險者忽然冒出來，自稱「被傳說的武器選上了！」或是「受到神的加持！」等等，然後大顯身手。

這種事其實不太可能發生。對於那些還沒做出成績，而且任性妄為的人，我們也沒辦法隨便推薦給客戶。

畢竟又沒有什麼明確的數字，可以讓我們一眼就了解這個人具有怎樣的能力。

就是有那種人嘛，覺得自己是大爺，理所當然會受女生歡迎，就亂摸人家胸部或屁股……真是夠了。

所以呢，本公會會針對三項基準來進行評價。

對社會的貢獻度，獲得的酬勞總額，以及透過面談審查人格。

也有人把這些統稱為「經驗值」。

第一階：白金。這已經不能用規格去套了，史上也只出過寥寥幾人，我認為想了也是白想。

第二階：金、第三階：銀、第四階：銅。兼具實力與信用的一群最出色的人。很厲害喔？

第五階：紅寶石、第六階：綠寶石、第七階：藍寶石，他們算是中流砥柱。最近都不太有人能進到這些階層。

第八階：鋼鐵、第九階：黑曜、第十階：白瓷則是新人。事實上，逐漸開始習慣的時候往往最危險。

果然每隔三個等級，就有一道高牆很難跨過呢。不知道這算不算是一種基準？

咦？是否曾經有委託都沒人接，就這麼被置之不理……不能說沒有。

像剿滅哥布林就是。哥布林數量多，但委託者往往都是農村，所以，嗯。

真的很不熱門呢。畢竟做起來費工夫，酬勞又少，哥布林數量又多。

的確也不是不能說適合初學者啦。嗯嗯～……唉……

啊，對不起，有冒險者來了。我們先中斷一下囉。

咳！

您好，歡迎光臨！請問今天有什麼事嗎？

「哥布林。」

「是歐爾克博格。」

這名森人，以詠唱咒語似的清新嗓音，搶先這麼說。

上午，晚起床的冒險者，為了尋求剩下的委託而在公會現身的時段。

雖說人比早上少了些，但大廳裡仍然充滿喧囂，而現在人群的視線全都集中在她身上。

「哇啊……喂，你看看，她超漂亮的。」

「……你喔。」

還是個新手戰士的少年忍不住吹起口哨，隨即被團隊中的見習聖女頂了一下。

少年笑著說：「抱歉抱歉」，但視線仍不時瞥向森人。

這也難怪。畢竟森人這種生物，本來就有著脫俗的美貌，而她又更加鶴立雞群。

去揣測森人的年齡也沒有意義，但她外表看起來大約是十七、八歲。

她體態修長，一身獵人裝束服貼地穿在苗條的身上，舉手投足就像鹿一樣輕快。

從背上背著大弓這點來看，不是獵兵就是弓手。掛在她脖子下的識別牌，是一塊銀牌。

「她應該是上森人啊……是真正的妖精後裔喔。」

「的確，她的耳朵很長呢。比其他森人還長……」

重戰士隊上的圃人督伊德少女，與半森人輕劍士悄聲交談。

在一旁聽著的少年斥候（Scout），擺出一臉知情的表情裝懂地說：「錯不了。」

櫃檯小姐面對這樣一個人物，儘管並不緊張，仍為了她所提到的陌生字眼而歪起頭。

「呃，請問……您是指橡木（oak）嗎？」

冒險者一來到櫃檯就指定怪物名稱的這種舉動，從某種角度來說已經是家常便飯，但這個字眼她卻不曾聽過。

當然怪物的種類成千上萬（並非誇飾！），所以相信世上也有可能存在著這麼一種未知的怪物。

還是說，這是她的名字？雖然森人的語言，發音都會像是咒語或歌曲。

「不是，是歐爾克，歐爾克博格。」

妖精（Elf）弓手重複一次後，自己也歪頭覺得納悶，小聲說了句：「這就奇怪了。」

「我聽說是在這裡。」

「呃，所以您指的是冒險者囉？」

冒險者多如牛毛，即使是櫃檯小姐，也並非全都記在腦子裡。

她轉過身去，正要從書架上抽出一本厚重的名冊時……

「蠢材，所以我才說長耳人心高氣傲不懂事。」

站在妖精弓手身旁的一名矮咚咚圓滾滾的礦人(Dwarf)插了嘴。

隔著櫃檯看去，勉強可以看見這人滑溜的禿頭。只見他捻著一大把白鬍鬚。

他身穿東洋風的奇裝異服，腰間掛著裝滿各種像是破銅爛鐵的大腰包。

櫃檯小姐判斷他應該是施法者——礦人道士(Shaman)。他的脖子下也同樣掛著銀的識別牌。

「這裡是『高個兒(凡人)』的領域，長耳話怎麼可能會通？」

「哎呀，那請問我該怎麼稱呼那人才好呢？」

妖精弓手以不像上森人會有的表情哼了一聲，帶著嘲諷反問。

聽她這麼說，礦人道士自豪地捻了捻鬍鬚。

「想也知道是『嚙切丸（註3）』！」

註3　かみきり丸。改寫自J·R·R·托爾金所著之《哈比人歷險記》系列名劍「獸咬劍（Orcrist）」，此劍亦被哥布林稱為「Biter（日譯：かみつき丸）」。漢字經原作指定為嚙切丸。

「不好意思，叫這種名字的人……」

櫃檯小姐的語氣很過意不去。

「……沒有嗎!?」

「說來抱歉，呃，是的。」

妖精弓手刻意擺出一副拿他沒轍的模樣搖搖頭，就等這一刻似的聳肩嘆氣。

「果然礦人就是搞不定。頑固又古怪，總以為只有自己是對的。」

「妳說啥!?」

礦人道士逼上去追問，但他與她的身高差了快一倍。

即使跳起來也搆不著妖精弓手。妖精弓手顯得更加得意了。

礦人道士低吼幾聲，但似乎注意到一件事，露出剽悍的笑容。

「……實在是喔，森人的心靈這麼狹隘，跟**鐵砧**身材搭調得很吶。」

「你!?」

這次換妖精弓手滿臉飛紅。她不由得遮住胸部，瞪著礦人道士：

「這、這和這件事無關吧！要、要說身材的話，礦人女性根本就是水桶吧！」

「那叫作豐滿。至少比鐵砧要好。」

吵吵鬧鬧。

森人與礦人水火不容，似乎已經是從神紀就持續到現在的傳統。

但真要說起來，理由卻不太清楚——就連沒有壽命概念的森人，都不確定答案。是從太古時代的戰爭持續到今日的恩怨，還是尊木厭火的森人與伐木焚火的礦人之間原本就合不來？

無論原因何在，都不是能夠輕易阻止的，櫃檯小姐拚命把笑容往焦急的心情上貼。

「呃……那個，請不要吵架……」

「不好意思，你們二位，要吵架麻煩去貧僧看不到的地方吵。」

忽然間一個巨大的人影遮住眾人，打斷了這場爭執。

這人的身軀高大得令人必須仰望，全身長著鱗片，尖銳地呼出腥臭的氣息。

這名讓櫃檯小姐也差點忍不住發出「哇」一聲的男子，是一名蜥蜴人（Lizardman）。

他穿著前所未見的民俗服裝，脖子底下除了掛著銀牌，還掛著一種奇妙的護符。

蜥蜴人僧侶以不可思議的手勢合掌，對櫃檯小姐鞠躬。

「貧僧的同伴鬧了事，真是對不住啊。」

「啊，哪裡！冒險者都是些很有精神的人，所以我早就習慣了！」

只是話說回來，他們一行人實在奇妙。

並不只是因為種族各不相同。

上森人（High Elf）固然罕見，但高潔的森人當中，也有些好奇心較強的「年輕人」會跑出來當冒險者。

頑固的礦人也和凡人一樣，喜好武勳與財寶的天性很強，所以冒險者也很多。

蜥蜴人有時會被當成怪物看待，但某些部族態度友好，有極少數會當上冒險者。

但這樣的人卻同時出現三個，而且三個人的脖子上都掛著象徵第三階的銀牌。

就連櫃檯小姐，也從未見過由這樣的異種族人士組成的團隊陣容。

「呃……」

櫃檯小姐朝還在繼續脣槍舌戰的妖精弓手與礦人道士瞥了一眼，然後將目光移到蜥蜴僧侶身上。

儘管外表凶惡得像是隨時都可以張開血盆大口撲上來……

「那麼，請問您要找哪位……？」

到頭來，她還是認為蜥蜴僧侶最好說話，於是決定向他問起。

「唔，不巧的是，貧僧也不熟悉人族的言語。」

「是。」

「他們說的歐爾克博格、嚙切丸，是這個人的名字。意思就是……」

蜥蜴僧侶回應她的期待，重重地點了點頭，說道：

「小鬼殺手。」

「啊啊！」

一聽到這句話，櫃檯小姐立刻表情一亮，接著忍不住雙掌一拍。

然後猛力壓抑住想大聲稱快的衝動。

——為了他好，不能錯過這個機會……！

「這個人我認識，我跟他非常熟！」

「喔喔，原來如此啊！」

蜥蜴僧侶睜大眼睛，頻頻從嘴裡吐出舌頭。看樣子他是在笑。

櫃檯小姐面對他這猙獰的笑容，卻毫不動搖。

「啊，如果不介意，要不要喝杯茶？」

「不了，貧僧……喂，你們兩個，我們要找的人物似乎就在這喔。」

「看吧，果然就跟我說的一樣嘛。」

「妳根本辭不達意，有什麼好神氣的？」

「輪不到你來說我。」

「妳說啥!?」

蜥蜴僧侶咻的一聲呼氣。妖精弓手與礦人道士互看一眼，不再說話。

「……那麼，這位小姐，小鬼殺手兄人在哪裡呢？」

「呃，他三天前出發去剿滅哥布林……」

「喔喔……原來如此，不負其名啊。」

「我是覺得差不多該要回來了啦。」

櫃檯小姐朝公會大門悄悄瞥了一眼。

儘管擔心，但她確信他一定會回來。

這事已經不用再多說，但那個人，不可能輸給哥布林。

就在這時，兩名冒險者推響門上搖鈴走了進來，櫃檯小姐立刻對他們喊了一聲。

「啊！」

蜥蜴僧侶、妖精弓手與礦人道士，也跟著看了過去……結果露出了難以言喻的表情。

一名在嬌小身軀上穿著神官服，雙手握住錫杖的年輕女子。是女神官。這邊還不要緊。

問題是毫不猶豫，大剌剌走在她前面的男子。

他穿著髒汙的皮甲與鐵盔，佩掛要長不長，要短不短的劍，手上綁著圓盾……模樣十分寒酸。

即使是剛出道的冒險者，多半也會穿得像樣點。

他筆直往櫃檯信步走來。

女神官得要小跑步才追得上，他放慢步調，兩人才總算能夠並肩而行。

「歡迎回來，哥布林殺手先生！兩位都平安無事真是太好了！」

櫃檯小姐朝他們兩人大大揮手，辮子也跟著活力充沛地甩動。

「平安結束了。」

「……是，總算，平安。」

哥布林殺手淡淡地說完，女神官就以有些疲憊的模樣接著道。

她露出堅強的微笑，然而……櫃檯小姐點了點頭，心想這也難怪。

哥布林殺手夙夜匪懈，幾乎是全年無休地一直在執行委託。

要跟上他，想必十分辛苦。

「啊，那麼晚點再讓我聽您報告囉。不用急著現在說。」

「是嗎。」

「是啊。有訪客喔？來找哥布林殺手先生的。」

他彷彿聽她這麼說才注意到似的，看向並列在身旁的一支隊伍。

森人弓箭手、礦人施法者、蜥蜴人僧侶。

女神官或許是吃了一驚，趕緊按住差點驚呼出聲的嘴。

「……哥布林？」

「才不是。」

妖精弓手擺出「你在說什麼鬼話」的狐疑表情，他則很乾脆地點點頭說：「是嗎。」

「……你就是，歐爾克博格？看起來實在不太像……」

「那當然。不曾有人這樣叫過我。」

妖精弓手噘起嘴，礦人道士強忍笑意捻了捻鬍鬚。

看來經常勞心的蜥蜴僧侶，也早已習慣他們兩人這樣。

他以奇妙的手勢合掌，接著用緩慢的動作，對哥布林殺手一鞠躬。

「貧僧有要事相談。可以耽誤小鬼殺手兄一點時間嗎？」

「無妨。」

「既然這樣，二樓有會客室，如果各位不介意……」

櫃檯小姐這麼一招呼，蜥蜴僧侶就合掌表達感謝。

女神官本來一直默默看著他們的互動，然而……

「那，走吧。」

「請、請問，我、我呢……」

哥布林殺手正要邁出腳步，她就趕緊以哀求般的嗓音開口詢問。

「我一起列席……比較好吧？」

哥布林殺手從上到下看了看她纖瘦的身體，然後搖了搖頭。

「妳去休息吧。」

他這句話說得冷漠。女神官微微點頭。

接著哥布林殺手頭也不回，踩著大剌剌的腳步走上樓梯。

「那麼，我們就借用一下囉。」

妖精弓手對女神官打了聲招呼，從她面前走過。礦人道士與蜥蜴僧侶也跟上前去。

女神官被留在了原地。

§

孤零零的一個人。

女神官在大廳角落牆邊那張已經成了他固定座位的椅子上，縮起身體坐著。

雙手捧著的，是櫃檯小姐幫她泡的紅茶茶杯。

相信櫃檯小姐是費心特地泡的。她輕輕將茶端到嘴邊。

「唉……」

「啊……」

不由得鬆了口氣。一陣暖意慢慢行遍全身。

女神官最近才總算習慣這種感覺，這是活力藥水。

櫃檯小姐在紅茶中滴了幾滴的這種藥水，讓累積疲勞的身體覺得十分舒暢。

——我是不是，礙手礙腳？

他是銀等級，自己則是白瓷等級。她始終覺得，縱使有這段差距，自己也不至於只會拖累他。然而……

女神官一再揉著眼睛。她的眼瞼十分沉重。

聽得見冒險者們的聲浪。今天公會也聚集了許多人。

耳邊傳來一些聲音。但聽不懂每個字眼的意思。女神官打了個呵欠。

「欸，妳。」

「哇!?」

再度聽到有人說話，女神官跳了起來，趕緊端正姿勢。

抬頭一看，眼前站著一名神情有些緊張的少年——白瓷等級。

是名偶爾會看見的新手戰士。另外還有一名見習聖女也站在他身旁。

聖女脖子底下掛的是天秤劍，是司掌法律與正義的至高神聖符。

「請問，妳……就是跟那傢伙在一起的女生吧？」

「那傢伙？」

「就是一～直戴著頭盔的那個傢伙。」

女神官本來睜大眼睛，歪頭納悶，但聽態度帶刺的見習聖女補上這句話後，便恍然大悟地點了點頭。

「兩位指的是哥布林殺手先生吧？」

「沒錯，就是他……我說啊。」

新手戰士忽然壓低音量，擔心似的窺看四周情形，然後說：

「……妳不也一樣是白瓷嗎？如果不介意，要不要跟我們一起行動？」

「──」

女神官倒抽一口氣。

無數難以言喻的感情在胸中翻騰，幾乎就要一舉爆發。

女神官用雙手使勁捏緊這些情緒，拚命忍耐。

隔了短短一瞬間，她緩緩搖了搖頭。

「……不了。謝謝你們，的好意，但不了。」

「可是，這樣不是很奇怪嗎？他都銀等級了，卻老是在打哥布林。」

新手戰士噘起嘴唇，繼續強調。換成是正常的銀等級，應該會挑更強大的獵物。

「而且還拖著新人跑來跑去……我還聽說有人懷疑他是在拿妳當誘餌呢？」

見習聖女說完，甚至擔心地湊過來仔細打量她。

「我還聽到奇怪的傳聞，說他剿滅哥布林時，都對其他冒險者見死不救……」

「沒有這……！」

女神官忍不住就要拉開嗓子大吼……

「哎，呀。不可以，這麼粗魯喔……」

忽然有個柔軟而甜美的嗓音插了進來，輕輕撫平了她的情緒。

也不知道她是什麼時候湊過來的，不，應該問她是什麼時候開始在場的。

這位扭動豐滿的身體，掛著銀印記的魔女，就站在她身邊。

「粗魯?才沒有，我們只是……!」

「不要，說了。到一邊，去，懂了嗎?」

新手戰士還想再說，見習少女就用力扯了扯他的袖子。

看到他們這樣，魔女溫和地瞇起眼睛，嘻嘻笑了幾聲。

「之後，就交給我，好嗎?」

結果就是這句話使整件事落幕。

兩人互相示意「我們走吧」，眼帶關心地看著女神官，離開了現場。

女神官又被留了下來。她坐在椅子上，捧著紅茶茶杯。

魔女溜到她身旁坐下。

「那麼……妳，跟他在一起，沒錯吧?」

「啊，是!承蒙他讓我一起。」

女神官把捧著茶杯的雙手放到膝上，坦率地點了點頭。

「『讓妳一起』，是嗎?」

魔女若有深意地笑了。女神官歪頭納悶。

沒關係——魔女揮揮手說。

「他，很難搞，吧。畢竟他，那麼遲鈍，對不對……？」

「……？呃——」

「妳，不懂，我的意思，吧？」

女神官過意不去地難為情起來，魔女憐愛地看著她。

接著她不知從哪取出一根長菸管，以優美的動作塞起了菸草。

「可以抽個菸嗎……『印夫拉瑪拉耶（點火）』。」

魔女不等女神官回答，用食指在菸管前端一敲。

隨即傳來一陣淡淡的甜香，冒出桃紅色的煙霧。

「這是在浪費，蘊含真實力量的話語，浪費法術……對吧？」

魔女對愣住的女神官嘻嘻一笑。

「妳，能用，幾種神蹟……？」

「呃……之前是兩種，後來增加到四種。雖然，可以祈禱的次數大概是三次，左右。」

「妳是白瓷等級，沒錯吧？這樣會用四種，算是很有才能，囉。」

「謝、謝謝妳的誇獎……」

女神官把嬌小的身體縮得更小，低頭道謝。魔女不改臉上的笑容。

「我也是，呢。之前，我曾經，接過奇怪的委託。是來自他。」

「咦……」

女神官忍不住看了魔女的臉一眼。魔女維持勾人的表情，歪了歪頭。

「妳想像了，怪怪的事，沒錯吧？」

「沒、沒有……！」

「我是幫他，弄了很多，卷軸（Scroll）……很辛苦，吧？跟他『一起』。」

「哪裡，這……是的……畢竟，他是銀等級。」

女神官讓疲憊的臉微微鬆弛下來。一低下頭，就看見捧在雙手手掌上的小小茶杯。

她透過紅茶淡淡的顏色看著杯底，言語一滴一滴地，從嘴脣滑落。

「憑我這點本事，光是跟上他，就已經費盡全力……一直都在給他添麻煩。」

「何況他也，已經相當緊繃了，說。」

魔女從菸管深深吸了一口，吹出了煙圈。

這些輕飄飄的煙圈，碰到女神官的臉而消散。

女神官連連咳嗽。對不起喔——魔女笑著說。

「畢竟，啊。雖然只剿滅哥布林，但他已經好幾年，幾乎沒休息過，了。」

白瓷等級根本沒得比——魔女喃喃說出這句話，手上菸管一轉。

「剿滅哥布林這件事本身，的確對社會有貢獻，對吧。比隨便找些怪物打，要有貢獻多了。」

魔女用菸管頭，朝聚在公會裡的冒險者們一指。

看得見長槍手打了個嘖噓。魔女瞇起眼睛盯著他。

「但話說回來，也並非，只要專打，哥布林，就好。」

「……」

「在都城，有一大堆惡魔（Demon）。這世上，也還是一樣四處充斥怪物，對吧？」

不用說也知道。若非如此，哪怕剩下再多遺跡，冒險者這一行都無法成立。

在廣大範圍內分散地發生各式各樣的威脅，只靠軍隊是應付不完的。

本來他們就應該要去應付鄰近諸國，或是邪神、死靈咒術師之類的敵人。

哥布林是明確的威脅。然而，並非只有哥布林才是威脅。

「除此之外……如果是助人，之類的，跟剛剛那兩個人一起，也一樣，辦得到，吧？」

「這……！話是，這麼說沒錯……」

女神官忍不住拉高音量，探出上半身——之後的反駁卻說不下去。

這句話愈說愈小聲，愈來愈含糊，最後完全消失。

「……呵呵，路，有很多條。沒有所謂，正確答案。這，很難……」

魔女對縮起身子的女神官說聲「對不起喔」，輕輕摸了摸她的頭。

到了這一步，連那輕飄飄的甜香菸味，也不可思議地讓她覺得有助於安寧身心。

「至少……若要『一起』的話，就該好好，由自己，決定。」

雖然這可能是在多管閒事。

魔女留下這句話，然後就和出現時一樣，悠悠地起身離去。

「啊……」

「那我走囉……我等一下要跟他，去冒險（約會）。」

說著輕輕揮手，她就扭腰擺臀地消失在人群中。

「自己，決定。」

女神官再度獨自被留下，輕輕啜了一口手上的紅茶。

到剛才都還有的溫暖，已經消失無蹤。

§

「……所以，你真的是銀等級？」

另一頭，進了會客室的妖精弓手，才剛把大弓從肩上解下，劈頭就問出這句話。

椅子鋪有紅銅色的布，桌子擦拭得能夠照出臉孔。

擺設在架上的怪物頭蓋骨或牙齒，是冒險者們留下的戰利品。

「公會認定我是。」

一名身上髒汙皮甲與鐵盔都和這一切毫不搭調的冒險者，重重坐到椅子上。

「坦白說，我沒辦法相信。」

妖精弓手始終未發出腳步聲，走到他對面坐下後，搖了搖頭。

「因為你看起來就很弱啊。」

「少說傻話了，長耳朵。」

嗤之以鼻的礦人道士則和她相反，老實不客氣地盤坐在地板上。

雖說已經考慮到不同種族的身材，但凡人的椅子，對圃人與礦人來說仍舊太大了。

「無論寶石或金屬，琢磨前都是石塊。這世上沒有一個礦人，會用外表來判斷事物。」

「……這樣喔？」

「就是這樣。在我看來，選皮甲是因為重視靈活度，鍊甲則是為了防止被小鬼用短劍突襲……」

礦人道士睜大眼睛，鑑定起哥布林殺手的裝備。

礦人多半擔任主教（Bishop），但在武具這方面，連礦人的小孩都足以令老工匠落荒而逃。

「……頭盔也是如此。劍和盾牌都偏小，但我想應該是考慮到要在狹窄的地方揮動。」

哥布林殺手不回答。

妖精弓手用打量可疑人物的視線盯著他。

「至少，應該把頭盔或鎧甲弄乾淨點吧？」

「這是為了消除金屬氣味必須做的處理。」

哥布林殺手嫌麻煩似的答道。因為那些哥布林鼻子很靈。

「受不了，你們就是只會用弓箭，見識才這麼狹隘。」

「嗚……」

被礦人道士嘲笑，讓妖精弓手氣得咬牙。說來懊惱，但這的確是事實。

森人們是天生的獵人，對於消除氣味的方法，多少也知道一些。

但她在上森人當中年紀較輕，才正因為無聊而跑出故鄉的森林。

雖說已經在俗世生活了幾年，但對森人而言仍然十分短暫，經驗還太少。

礦人道士自豪地捻了捻鬍鬚。

「如何？要不要趁這機會，稍微向年長的人看齊一下啊？長耳朵。」

「……哼嗯？」

但妖精弓手對這句話有了反應，她就像找到了獵物的貓一樣瞇起眼睛。

「我兩千歲，你多大？」

「……一百零七。」

「哎呀哎呀。」

這次換妖精弓手嘻嘻直笑，礦人道士則表情一轉，鬧彆扭地捻著鬍鬚。

要是放著不管，相信他們會拌嘴拌個沒完。

哥布林殺手心想，也許差不多該回去了，蜥蜴僧侶立刻急忙揮手。

「你們兩個，別再扯年齡了。只能活到定壽的貧僧等人，聽了可不是滋味。」

至於他，則靠在牆上站著。

蜥蜴人之所以不坐凡人的椅子，似乎純粹是因為長尾巴很礙事。

「那麼，找我何事。委託嗎？」

哥布林殺手說話的口氣還是一樣平淡。

「……是啊，你說得沒錯。」

妖精弓手點了點頭。她的表情很正經。

「我想你應該知道，都城那邊的惡魔變多了……」

「不知道。」

「……原因是魔神復活。他正率領大軍，試圖毀滅世界。」

「是嗎。」

「……所以我們，來找你幫忙——……」

「另請高明吧。」

哥布林殺手十分乾脆地一口回絕。

「哥布林以外的與我無關。」

妖精弓手的臉猛然僵住。

「……你懂不懂啊？」

她以緊繃的表情低聲說道，清新的嗓音中透出了怒氣。

一對上森人特有的長耳朵頻頻顫動。

「惡魔的大軍都逼近了耶？事關世界的命運，你真的有理解嗎？」

「理解是沒問題。」

「既然這樣……！」

「但在世界毀滅前，哥布林會先滅了村子。」

哥布林殺手以冰冷、呆板而無機質的嗓音回應。

「世界的危機，不構成放過哥布林的理由。」

「你這人……！」

這一瞬間，妖精弓手一張雪白的臉漲得通紅，踢開椅子站起。

她上半身探到桌上，伸手就要去揪哥布林殺手……

「慢著慢著，長耳朵，妳先想想。」

按住她的是礦人道士。

「我們也不是打算要叫他來解決混沌吧，那是白金等級的領域。」

「……幹麼啦？礦人。」

「話是這麼說，沒錯……」

「既然明白妳就冷靜點。不然怎麼談得下去？」

礦人道士搖了搖他那小而粗獷的手掌告誡森人。

「……好啦。」

妖精弓手心不甘情不願地重新坐了回去。

礦人道士看看她，再看看絲毫不為所動的哥布林殺手，心滿意足地笑了：

「小夥子，你不愧是『嚙切丸』，很有膽識。」

「那麼，我們就這麼拜託他，可以嗎？」

蜥蜴僧侶問起，礦人反倒吊人胃口似的沉吟了幾聲。

「……我是無所謂。」他說著捻了捻鬍鬚。「比起膽小鬼，要好多了。」

「小鬼殺手兄，請你不要誤會。貧僧等人，是來委託你剿滅小鬼的。」

「原來如此，果然是哥布林嗎。」

哥布林殺手說了。

「那我就接。」

「……」

「在哪。數量呢？」

妖精弓手的表情明顯抽搐，蜥蜴僧侶眼睛瞪得老大，礦人道士愉悅地大笑。

「小夥子，你別這麼急。可不可以先讓這個長鱗片的講幾句話？」

「當然。」哥布林殺手毫不猶豫地點點頭。

「情報是必要的。巢穴規模，有無薩滿或鄉巴佬？」

「……貧僧還以為你會先問起酬勞金額呢。」

蜥蜴僧侶連連吐信，舔了舔自己的鼻尖。這多半相當於人伸手遮臉的動作？

「……首先就如貧僧的同伴所言，如今，惡魔大軍正要展開侵略。」

「……」

「被封印的魔神王（Demon Lord）之一覺醒，企圖驅逐我們，不過呢……」

「我沒興趣。」哥布林殺手說。「十年前，也有過這種事。」

「……唔，貧僧也料到你沒興趣。」

蜥蜴僧侶眼睛轉了一圈，苦笑似的點了點頭。

其間妖精弓手仍在表演變臉。

簡直難以置信。

她帶著這種含意，眼角上揚地瞪著他，但他的臉被鐵盔遮住。

完全看不出他現在有著什麼樣的表情。

「所以貧僧的族長，人族諸王，還有森人與礦人的領袖，就聚集在一起開會。」

「圃人不適合戰鬥這點姑且不談……總之我們，就是被派來跑腿的。」

礦人道士伸手一拍肚子。

「畢竟我們是冒險者嘛。再說又有給旅費。」

「……我想遲早，會發展成一場大戰。」

雖然你想必沒興趣吧。妖精弓手似乎終於放棄爭執這件事了。

「問題是最近，森人的土地上，那些壞心眼的小鬼活動變得頻繁起來。」

礦人道士捻著鬍鬚，繼續說道。

「……有英雄（Champion），或王（Lord）誕生了嗎。」

哥布林殺手小聲這麼一問，礦人道士便回答：也許是。

這幾個字眼很陌生。妖精弓手好奇心旺盛地動了動一對長耳朵。

「Champion……還有Lord，是什麼？」

「那些哥布林的英雄，還有王。相當於對他們而言的白金等級吧……」

哥布林殺手雙手抱胸，沉吟思索，顯得極為正經嚴肅。

看在妖精弓手眼裡，總覺得他似乎已經在盤算些什麼。

「……算了。情報不夠，繼續說下去。」

「而貧僧等人查探後……找到了一個大巢穴。不過，之後就牽扯到政治了。」

「無法為了哥布林調動軍隊。常有的事吧。」

聽蜥蜴僧侶說完，哥布林殺手用分不出是提問還是徵求同意的口氣說了。

「畢竟凡人的王即使會把我們當成同等的個體，卻不會當成同胞看待。」

妖精弓手聳了聳肩。

「如果這個時候擅自出兵，又會被人質疑是心懷不軌。」

「因此，他們決定送冒險者去解決……只不過，倘若只有貧僧等人，那凡人又會面目無光。」

「所以囉，歐爾克博格……這令箭就插到你頭上來了。」

「長耳朵這句話，可就不是玩笑話了。」

礦人道士在喉頭悶笑。妖精弓手瞪了他一眼，但他完全不放在心上。

「有地圖嗎。」

哥布林殺手淡淡地問起。

「在這邊。」

蜥蜴僧侶從僧衣的內襟取出卷軸。

哥布林殺手用草率的動作攤開。

地圖是用染料寫在樹皮上，這種抽象但正確的筆觸，是森人地圖的特徵。

荒野的正中央，畫著一棟古風的建築物。哥布林殺手用手指劃過。

「遺跡嗎。」

「多半是。」

「數量。」

「只知道規模很大。」

「我馬上動身，要付給我的酬勞你們決定就好。」

哥布林殺手點點頭，隨手捲起地圖，粗魯地站起。

接著他把地圖塞好，迅速檢查完裝備，就大步走向門口。

「給、給我慢著！」

這舉動讓妖精弓手也慌了手腳。她一雙長耳一震，和先前一樣踢開椅子伸出手。

「聽你剛剛的口氣，似乎要一個人去……」

「對。」

哥布林殺手答得簡短。

妖精弓手皺起眉頭，要他別開玩笑了，蜥蜴僧侶則興味盎然地沉吟一聲。

「就貧僧所見，那位地母神的巫女小姐，不是小鬼殺手兄的隊友嗎？」

「你打算一個人解決……瘋了嗎？」

哥布林殺手停下腳步，緩緩說道：

「我是這麼想。」

接著他頭也不回，離開了會客室。

他這句話究竟是在回答哪一個問題？

被丟下的人們自然不會知道。

§

他吸氣，呼氣。停滯只有一瞬間。

哥布林殺手信步下了樓梯，劈頭就走向櫃檯。

該說的只有一句話。他一如往常，淡淡說道：

「哥布林。」

「果然是別的地方來委託的吧！」

櫃檯小姐正在辦公，聽了後猛一抬頭。

待在附近的長槍手露骨地咂舌。他正準備找櫃檯小姐說話。

「那麼，請問是什麼樣的委託內容？我這邊會先幫您受理。」

「晚點那個蜥蜴人會拿來，我要動身了，需要預算。給我上次的酬勞。」

「嗯嗯……雖然都還沒報告……可是，既然是哥布林殺手先生，應該沒關係吧。」

櫃檯小姐笑咪咪地說要保密，於是在文件上簽名，從保險箱取出皮袋。

即使是連一個白瓷等級團隊都未必雇用得起的金額，若是孤身一人完成委託，金額倒也不少。

哥布林殺手能夠只靠剿滅哥布林的微薄酬勞購置裝備，正因為他是單獨行動。他把貧村農夫拚命賺來的那些沾滿了泥土的貨幣分成兩半，把其中一半收進懷裡。

「……剩下的幫我交給她。」

「好的……等等，咦，您一個人去嗎？她——……」

「我叫她休息。」

哥布林殺手只對歪頭納悶的櫃檯小姐說完這些，就大步往前。

長槍手冷眼旁觀從自己身前走過的他，皺起了眉頭。

「那小子是怎樣？真會裝模作樣。」

但哥布林殺手並未聽見他這揶揄似的低語。這些對他不重要。

要考慮的事情堆積如山。他一邊行走，一邊在腦裡計算裝備的剩餘量。

繩索、木樁、油、解毒劑、藥水等各式各樣的消耗品，都得去添購一番才行。

出了公會後，就應該隨便找間店，把糧食也買一買。身體也要養好。

露營用具沒有問題。一個人行動，只要有最低限度該整頓好的環境就夠了。

卷軸方面沒有問題……

「哥布林殺手先生！」

這時一陣腳步聲，朝正要走出公會的他接近。是一陣輕快的皮鞋聲響。

哥布林殺手哼了一聲。

「請、請問！有委託對吧！」

是女神官。

儘管只是大廳中的一小段距離，但或許是因為小跑步趕來，她有些臉紅氣喘。

「對。」哥布林殺手說了。「要剿滅哥布林。」

「……我就覺得，是這樣。」

女神官答完，死了心似的微笑。要對他的行動逐一吃驚，自己會先受不了。

「那，我馬上去準備——……」

「不。」

哥布林殺手用他粗獷的手，制止急忙握緊錫杖的女神官。

「我一個人去。」

「哪有這樣的……！」

也難怪這句說得平淡的話，會讓女神官驚呼。

這接近哀號的呼喊，讓還留在公會裡的人們一口氣把視線集中過來。

雖然其中有幾個人發現原來是哥布林殺手，就立刻撇開了目光……

女神官直視他，繼續說下去。

不能讓他一個人去。即使他一定會回來，也不可以，這樣。

「至少，怎麼說呢，決定前可以先跟我商量一下的話……！」

「……？」

哥布林殺手以由衷覺得不可思議的模樣，歪了歪他的頭盔。

「我不是正在做嗎。」

女神官連連眨眼。

「……啊，這個……是在商量對吧？」

「我是這麼想。」

唉。又有誰能怪她會忍不住嘆氣呢？

「……看似有選擇，其實沒有，這可不叫作商量喔？」

「是嗎。」

——真拿他沒辦法呢。這個人。

「我一起去。」

她堅強地說了。說得明明白白，毫不猶豫。

哥布林殺手隔著鐵盔的面罩，看著女神官。

女神官讓他那髒汙且滿是傷痕的頭盔映照在自己的眼睛裡。

「因為我不能放著你不管。」

兩人視線交會。

「……」

「……」

「……隨妳便。」

過了一會兒，哥布林殺手重重呼出一口氣，一句話說得似乎很嫌麻煩。

但女神官雙手牢牢握住錫杖，露出花朵盛開似的微笑。

「好的，就隨我便。」

「那，妳先去領酬勞。」

「好的！那麼，請你等我一下喔……啊，報告呢……」

「說是之後補也行。」

「我明白了！」

哥布林殺手站在門邊，等候跑走的女神官。

幾名異種族人從樓梯間的平臺，透過天井低頭看著他這副模樣。

妖精弓手、礦人道士與蜥蜴僧侶等三人面面相覷，有人先舒了一口氣。

「連我們的個性也沒那麼難懂啊……這小夥子實在有看頭。」

礦人道士第一個走下樓梯。邊走邊笑著捻鬚。

「……身為冒險者，若只提出委託，自己卻不隨行，貧僧可也無顏去見先人啊。」

接著蜥蜴僧侶重重點頭，對妖精弓手合掌。

然後他就搖著尾巴，一階一階踏穩了腳步往下走。

「……」

妖精弓手啞口無言。

歐爾克博格，專殺小鬼的冒險者。

他的樣貌與她想像中完全不一樣，非她所能理解。

沒錯，無法理解。是未知的事物。

——事到如今，我怎麼還會被這種事情嚇傻？

妖精弓手笑了。

自己之所以離開森林，尋求的不就是**這個**嗎？

她檢查大弓的狀況，重新在肩上牢牢掛好。

「實在是，難道都沒有一點敬老尊賢的概念？」

她說完踩著輕快的腳步，沿著樓梯往下跑。

團隊的結成，往往就是這麼令人意想不到。

間章「重戰士」

啊啊？要採訪……剿滅哥布林……怎麼會問這種奇怪的事情。

哥布林襲擊了村莊，麻煩你們去巢穴裡剿滅他們，請救救我們，求求你們。

所以我們就扛著武器溜進去，宰了至少十隻哥布林，領錢。

很好懂吧？這是典型的斬妖除魔(Hack and slash)。

那些工作適合剛出道的新手去做。雖然我不否認我們運氣好……

可以累積探索和戰鬥的經驗，而且公會對這種工作的社會貢獻度硬是給得很高。

不過我也不是不懂啦。像我的故鄉，也曾經被哥布林攻擊。就在最近。

那個時候，有冒險者幫了他們一把……對，就是拯救了他們。

只是，該怎麼說呢……冒險者剿滅哥布林的情形，分為三種。

有人輕鬆搞定，有人從慘痛的教訓中學習，有人掉以輕心而全軍覆沒。

我？我們是輕鬆搞定……我是很想這麼說，但應該算是第二種吧。我們就是受到了慘痛的教訓。

我們帶了油燈進洞窟，結果隊裡的斥候跌倒，打破了油燈，當場伸手不見五指。

後來我才知道，那些傢伙在腳下拉了繩索。是陷阱啊，陷阱。

然後燈光和聲響讓我們的位置暴露，才剛變暗，就有一大群哥布林一擁而上。

我心想不妙，所以要我們隊裡的小鬼……要魔法師小鬼把法術保留下來。

不要浪費，留著對付大獵物。這只有一發，用在小兵身上沒有意義。

之後根本就搞不清楚到底怎麼回事。

那些哥布林一擁而上。我們把武器揮來揮去，砍了又砍。去死。嘎。

連武器是砸到岩石還是砍到肉都不知道。我也被砍到了。我當時穿的鎧甲是便宜貨。

在狹窄的洞窟裡揮著**大刀**的時候，我也以為自己要死了……

怎麼？妳在賊笑什麼？可惡。

聽說就連傳說的騎士，一開始去剿滅哥布林的時候也差點沒命啊。想成為聖騎士的妳可別當作笑話。

不好意思啊，剛才那個女騎士，是我隊裡的人。雖然原則上隊長是我啦……

……我要拉回正題囉。那個時候，率領整群哥布林的是個大傢伙，我在他面前一刀砍到別的地方卡住。

他舉起斧頭，就在我覺得這下要沒命的時候，來了一發『火焰箭』。敵人當場燒成黑炭。

我們之中的女騎士可以呼喚神蹟，也不缺錢，裝備和解毒劑之類的東西也都買了。

換算下來，我們根本沒賺到……但也多虧買了那些東西，我才撿回一條命。大家都撿回了性命。

所以大家才會這麼說。說「只要小心留意，哥布林沒什麼好怕的」。

……可是啊，假設有很強的冒險者，跟哥布林打一百次，可以贏九十九次。

那輸掉的一次，也許就會是當下這一次。沒有人可以保證不會這樣……也就是所謂的機率。

如果都是因為**運氣不好**而死，至少希望是死在龍的手下。

況且我們現在已經是銀等級的冒險者，要維持團隊運作，可不能接便宜的工作。

怪物多半都比哥布林還強。所以，哥布林還是留給初學者去對付最好。

即使他們會死……活下來的機會也比跟龍打要大。

……雖然，也只是機會啦。

第6章『旅伴』

轉眼間，三天過去了。

掛著兩輪明月的星空下，是一片一望無際的原野。

五名冒險者圍成一圈，坐在原野當中。

一道細長的煙，從中央的火堆升起。

背後遠方的黑暗中有一處隆起，是森人居住的森林。

「說到這個，大家為什麼會當冒險者？」

「想也知道是為了吃好吃的東西吧。長耳朵呢？」

「我就知道……我應該算是嚮往外界吧。」

「貧僧是為了殺異端來提升位階，變成龍。」

「咦!?」

「為了殺異端來提升位階，變成龍。」

「是、是喔……呃，怎麼說呢，宗教因素我能理解。因為，我也是這樣。」

「把哥布林……」

Goblin Slayer

He does not let anyone roll the dice.

「你的原因我們大概都懂，所以不用說了。」

「喂，長耳朵，妳自己問起卻不讓人提，這是怎樣？」

火堆的火勢有些微弱，礦人道士一邊咂舌，一邊把撕扯過的枯草丟進火堆。

森人討厭火，因此會架設避火結界。即使離森林這麼遠，仍然受到結界的影響。去程的最後一頓晚餐，是由蜥蜴僧侶與女神官烹調。

「好吃！這肉是怎麼回事……！」

礦人道士對這又香又脆的口感十分滿意，一片又一片地大快朵頤。

「喔喔，合你胃口真是太好了。」

礦人道士大呼過癮，讓蜥蜴僧侶自豪地露出牙齒。

「是沼澤地野獸的肉乾。香料也是用了這裡沒有的種類，所以還挺稀奇的吧？」

「所以我才討厭礦人。老愛吃肉，是有多貪婪？」

妖精弓手皺起眉頭，不屑地嗤之以鼻。

「只吃青菜的兔子，不會懂這種美味！喔喔，好吃好吃！」

「唔……」

礦人道士刻意舔著手上的油脂，大口嗑肉給她看。

看到有人吃著她不能吃的東西吃得津津有味，讓妖精弓手懊惱地低吼。

「那個，如果不介意，要不要喝湯？弄得有點像是雜燴的東西就是了。」

人。

妖精弓手這麼說完，就從行李中拿出一種又小又薄、包在葉子裡的麵包，發給眾人。

「嗯，這下我也得回報一下才行了啊……」

遞過來的碗裡裝得滿滿的湯，調味很清淡，卻美味得無以復加。

妖精弓手不能吃肉，所以對這個提議高興得連耳朵都在彈跳。

至於女神官，則熟練地混合好幾種乾燥豆，煮出了湯。

「我要！」

這種麵包有種輕柔的甜香，但香氣並非來自砂糖或水果。

「這……不是乾麵包吧？和餅乾似乎也不一樣……？」

「是森人的乾糧。其實我們極少拿給別人吃，這次是特別優待。」

「……好好吃！」

女神官才剛咬了一口，就忍不住對這不可思議的風味驚訝得喊了出來。

儘管口感酥脆，內側卻很柔嫩，又帶有嚼勁。

「……是嗎？那太好了。」

妖精弓手故作冷漠，卻有些開心地閉起一隻眼睛。

「唔！既然森人都祭出壓箱寶了，我也得對抗一下才行啊……！」

礦人道士拿出來的，是一個封得很嚴密的大瓶子。

噗通。只聽得水聲震盪，他拔開瓶塞而倒在碗裡的液體，有種淡淡的酒精氣味。

「哼哼，這是在我們的地窖裡釀出來的祕方火酒！」

「火……的酒？」

妖精弓手興味盎然地湊過去，看著礦人道士斟的這碗酒。

「沒錯。長耳朵，妳該不會講出妳沒喝過酒這種小孩子說的話吧？」

「少、少瞧不起人了，礦人！」

妖精弓手話一出口，就從礦人道士手上一把將碗搶了過去。

然後瞪著這大碗的酒。

「這酒是透明的，但應該是用葡萄釀的吧，我喝過。又不是小孩子……」

她含了一口火酒。

「……？————!?!?!?!?」

緊接著妖精弓手就被辣得連連咳嗽。

「哇、哇，妳、妳還好嗎!?請、請喝水……！」

妖精弓手接過女神官手忙腳亂遞出的水壺喝水，白眼連翻，連哀號都發不出來。

「哈哈哈哈，小丫頭要喝這個還太早了啊。」

「別灌她太多了。要是獵兵醉倒，可不是鬧著玩的。」

「當然囉，長鱗片的。我知道，我知道。」

看著兩名女性的模樣，礦人道士笑得愉悅，蜥蜴僧侶則尖銳地彈響舌頭警告。

「來啊，怎麼啦？嚙切丸，你也喝啊！」

「……」

哥布林殺手默默接過火酒，喝了一口。

他在晚餐期間，一句話都沒說。

默默從頭盔的縫隙吃完飯，就匆匆埋頭去忙自己的事。

他打磨劍、盾與短劍，檢查刀刃的狀況，再收進鞘中。對皮甲與鍊甲也上了油。

「唔——……！」

看到他這樣，妖精弓手發出不滿之聲。她的臉紅得像是煮熟了。

「……幹麼？」

「……你為什麼，連吃飯，都不脫頭盔？」

「因為要是遇襲，腦袋被敲上一記，就會失去意識。」

「……不要只顧著吃，你也拿些東西出來啊。」

她發言沒有脈絡，說話也口齒不清。食指指向旁邊一塊大岩石。

「……」

被這種模樣的妖精弓手瞪著，哥布林殺手仍不為所動。

礦人道士小聲說：「喔喔，她兩眼都發直啦。」

女神官在一旁看著這情形，臉頰柔和地一鬆。

——看他那樣，是在思索呢。

儘管仍看不見表情，卻多少猜得到。

過了一會兒，哥布林殺手嫌麻煩似的伸手到雜物袋裡掏摸。

他扔出來的，是一塊乾燥後變硬的乳酪。

「這樣可以嗎。」

蜥蜴僧侶好奇地用舌尖舔了舔鼻子。他似乎沒見過乳酪，伸長了脖子直盯著。

「請問這是什麼？」

「乳酪。讓牛奶或羊奶發酵，風乾變硬。」

「怎麼？長鱗片的？原來你不知道乳酪？」礦人道士說話了。

「唔。貧僧是第一次見到這種東西。」

「你們不養家畜嗎？」

女神官感到不可思議地問起，蜥蜴僧侶就重重點頭回答：

「對貧僧一族而言，野獸是拿來獵的，不是拿來養的。」

「給我，我幫你們切。」

妖精弓手半討半搶地拿走了整塊乳酪。

她拔出用石頭磨成的小刀，轉眼間就照人數切好。

「既然要吃，還是用火炙過比較好吃。如果有什麼串籤就好了……」

「啊，要串籤我有。」

礦人道士一提議，女神官就從行李中拿出細鐵籤。

「喔喔，小丫頭準備真周到，和某人大不相同啊。」

「你在說誰，大大方方講出來啊。」

妖精弓手以清新的嗓音表露怒氣。

「妳就按著自己胸口想一想吧。按著妳的**鐵砧**想。」

礦人道士捻著鬍鬚大笑。

妖精弓手噘起嘴，女神官紅了臉低下頭。

「算了，總之交給我。用火是我們礦人的領域。」

礦人轉而把乳酪刺到串籤上，拿到火堆上頭。

他以施法者特有的不可思議動作，慢慢炙燒乳酪。

黑煙中開始混入一絲淡淡的甜香。

「喔！這可是上好的乳酪啊！」

轉眼間乳酪就融化了。

冒險者們紛紛把礦人道士發下去的乳酪送進嘴裡。

「甘露！」

大呼痛快的是蜥蜴僧侶。他長長的尾巴拍打地面。

「甘露！甘露！」

「這輩子第一次吃到的乳酪夠美味，的確值得慶幸啊。」

礦人道士愉悅地咬了一口乳酪，大口喝著火酒。

「喔，喔，很下酒呢。」

他擦了擦滴到鬍鬚上的酒，打了個嗝，妖精弓手皺起眉頭。

她振作起來，從乳酪的角微微一舔。

「……嗯。雖然有點酸，但是甜甜的。就像甘蕉（Banana）的果實一樣。」

一雙長耳朵大幅度上下擺動。

妖精弓手喉嚨作響，像貓一樣瞇起了眼睛。

「請問，這乳酪是那間牧場生產的嗎？」

女神官吃了一半左右，笑咪咪地表情一亮，問起這個問題。

「沒錯。」

「真好吃呢。」

「是嗎。」

哥布林殺手靜靜點頭，隨口將乳酪塞進嘴裡。

他嚼了嚼，喝了一大口火酒之後，伸手摸索自己的雜物袋。

© Noboru Kannatuki

明天就要去闖哥布林的巢穴，不能不仔細檢查裝備。

雜物袋裡被各式各樣的小瓶罐、繩子、木樁，以及各種看不出什麼用途的小工具塞得滿滿的。

妖精弓手的醉意被乳酪的甜美驅散，興味盎然地湊過來看。

哥布林殺手這時正好在檢查一卷用細繩綁了奇妙繩結的卷軸。

妖精弓手看準他檢查完繩結，塞回雜物袋的這一刻——

「不要碰。」

哥布林殺手說得斬釘截鐵。妖精弓手連忙縮手。

「很危險。」

「我、我沒有要碰……只是想看看。」

「不要看。很危險。」

哥布林殺手一口回絕，讓妖精弓手不高興地發出嗚嗚聲。

她似乎還不肯完全死心，頻頻瞥著卷軸，繼續追問：

「……可是啊，你這是魔法卷軸吧？我第一次看到說。」

聽到這句話，不只女神官，連礦人道士與蜥蜴僧侶也都把頭湊了過來。

魔法卷軸極為罕見，是一種從古代遺跡中發掘出來的遺物。

這是一種奇蹟的道具，一旦解開卷軸，連嬰兒也能施展出法術。

卷軸的製法失傳已久，連上古的上森人也無人知曉。

施有魔法的物品本身就很稀有，但卷軸更是不可同日而語。

話說回來，如果問到卷軸對冒險者而言是否方便好用……卻又不是這麼回事。

卷軸上寫的法術，從派得上用場的種類到無用的種類，可說五花八門，而且用過即丟。

大多數冒險者都會選擇以高價賣給收藏家或研究者。

想要法術，只要拉魔法師入隊即可。他們更需要的是錢。

哥布林殺手，則似乎屬於不選擇這麼做的極少數冒險者。

女神官也不知道他擁有卷軸。

「那，我不摸，也不看，至少告訴我是什麼法術嘛。」

妖精弓手探出上半身，火熱發紅的肌膚飄散出森林的芬芳。

「不行。」

哥布林殺手仍然看也不看她一眼，一口回絕。

「……你，根本就討厭我吧？」

「我不挑剔。」

「你這話，是拐了個彎在說你根本不在乎？」

「我不會話中有話。」

妖精弓手氣呼呼的，一雙長耳朵不服氣地上下擺動。

「長耳朵，沒用的沒用的。這小子比我們還古怪。」

礦人道士笑得十分愉悅。

「畢竟他是『嚙切丸』嘛。」

「是歐爾克博格。」

「……我是哥布林殺手。」

哥布林殺手小聲說了這麼一句。

聽到他這麼說，妖精弓手皺起眉頭，礦人道士又開心地捻起鬍鬚。

「請問……」

這時女神官插了嘴。

「歐爾克博格，是什麼意思？」

「是森人的傳說中提到的一把刀。」

妖精弓手回答。她略顯自豪地豎起一根手指：

「是一把只要有歐爾克……有哥布林接近，就會發出淡藍色光芒的，專殺小鬼的寶刀。」

「只不過這刀是我們礦人打造的就是了。」礦人道士接過話頭。妖精弓手哼了一聲。

「嚙切丸這種名字多麼糟糕？你們除了會做精工細活，根本一點品味也沒有。」

「原來就連愛逞強的長耳朵，也承認精工細活不如我們啊？」

礦人道士丹田發力地大笑。妖精弓手鼓起臉頰。

蜥蜴僧侶故意讓一對大眼睛轉了轉，對女神官使了個眼色。

她也已經漸漸習慣，知道這是他幽默感的表現。

而對於其他兩人沒有惡意的拌嘴也一樣。森人與礦人就是這樣。

女神官起初固然對這幾位異人的言行舉止傻眼，但怕生的神官是應付不來信徒的。

她積極向三位異人攀談，結果轉眼間就打成一片。

蜥蜴僧侶的父祖信仰，與慈悲為懷的地母神教義，也並非完全相反。

而且至少他看起來就像有個和她同年紀的女兒，讓她覺得相處起來非常輕鬆。

相對的，哥布林殺手則對誰都幾乎不改態度。

但不知道怎麼回事，他的舉止似乎讓礦人道士十分欣賞。

他成天讓妖精弓手生氣，礦人道士每次都愉快地幫他打圓場。

哥布林殺手、女神官、妖精弓手、礦人道士、蜥蜴僧侶。

這倉促成軍的奇妙團隊，卻也正在培養出奇妙的一體感。

——我說啊，可不可以跟我們一起來冒險？

儘管她無法否認，胸中仍有一根小小的刺……

「說到這，貧僧也對一件事十分好奇。」

蜥蜴僧侶甩響尾巴，張開下顎。營火霹啪作響。

他在提出問題前，先以奇妙的姿勢合掌。他說這是餐後的禮儀。

「那些小鬼，究竟打哪來的呢？貧僧的父祖說，是地底有個王國。」

「我們是聽說……」

礦人道士打了個飽嗝。

「……那是墮落的圃人，再不然就是森人。」

「這偏見真過分。」

妖精弓手狠狠瞪了礦人道士一眼。

「我倒聽說那是迷上黃金的礦人沉淪的結果。」

「我們扯平。」

礦人道士一臉得意地點點頭。妖精弓手卻緩緩搖頭：

「哎呀，蜥蜴人可說他們來自地底呢，那不是礦人的領域嗎？」

「唔……」

這下連礦人道士也不由得咬牙。妖精弓手講贏了他，自豪地哼哼兩聲，挺起平坦的胸部。蜥蜴僧侶用舌頭輕輕舔過鼻間。

「貧僧一族認為是地下，森人與礦人就先不提，人族的傳承又是如何解釋的呢？女神官小姐。」

「啊，好的。」

女神官正好在收拾眾人的餐具，仔細擦拭、清潔。

她清理完後，雙手放在膝蓋上，端正坐姿。

「我們相傳，每當有人失敗，世上就會冒出一隻哥布林。」

「什麼跟什麼啊？」

妖精弓手嘻嘻笑了幾聲。女神官也微笑著點點頭。

「會有這種傳說，應該是為了管教小孩吧。說一旦失敗，就會有哥布林跑出來。」

「不對不對，慢著慢著，這樣的話問題可嚴重了。」礦人道士說話了。

「那不就表示，一旦放著這邊這隻長耳丫頭不管，就會冒出一大堆哥布林？」

「你！」

妖精弓手的耳朵猛然豎起。

「真沒禮貌！明天我就會讓你清清楚楚見識到我弓術上的本事！」

「喔喔，好可怕好可怕。要是站在妳前面，感覺會被從背後放冷箭啊。」

「……也好，矮小的礦人就躲到我背後吧。」

「那當然。畢竟妳是獵兵嘛，妳自告奮勇當斥候，可幫了我們大忙。」

礦人道士賊笑兮兮地捻著鬍鬚。

妖精弓手揮起手臂，正要反脣相譏。

「我——」

卻被這短短一句低語打斷。

眾人的視線自然而然集中過去。

「我聽說，他們是從月亮來的。」

是哥布林殺手。

「月亮？月亮指的是天上那兩個月亮？」

對於蜥蜴僧侶的提問，哥布林殺手點頭回答：「沒錯。」

「綠色那個。哥布林就是從那由綠色岩石構成的地方而來。」

「從天而降？這倒是沒料到。」

礦人道士深深呼出一口氣。

妖精弓手興味盎然地問起：

「那，流星就是小鬼了？」

「不知道。只是，月亮上頭，沒有草，沒有樹，也沒有水，只有岩石，是個冷清的地方。」

哥布林殺手淡淡地述說。

「他們就是想要、羨慕、嫉妒除此之外的東西，所以才來。」

「來到這裡？」妖精弓手問了。

「沒錯。」

哥布林殺手點點頭。

「所以，只要有人嫉妒，就會變得像哥布林那樣。」

「這也是用來教育小孩的說法呢。」

妖精弓手不感興趣似的應了一聲。

「請問，這是誰告訴你的呢？」

女神官微微探出上半身問起。

他的作風始終實際又徹底，難得聽到他談起這樣的話題。

「我姊姊。」

「原來你有姊姊呀？」

「嗯，有過。」

哥布林殺手點點頭。

女神官嘻嘻一笑。

一想像起這個硬派冒險者挨姊姊罵的光景，就覺得有些愉快。

「所以，你相信哥布林是從月亮來的囉？」妖精弓手問了。

哥布林殺手靜靜地點頭。

「至少……」

他茫然仰望月亮。仰望第二個月亮。

「姊姊應該從不曾失敗過。」

他只說完這句話，就不再開口了。營火啪一聲迸出火花。

妖精弓手的長耳朵，捕捉到了輕微的呼氣聲。

她悄悄把臉湊向哥布林殺手的鐵面罩。

看不出哥布林殺手的表情。

妖精弓手像貓似的笑了。

「真沒意思。他睡著囉。」

「呵，火酒後勁太強了嗎？」

礦人道士正從瓶子裡喝乾最後一滴。

「對喔，他之前都喝那麼大口。」

女神官從行李中取出毛毯，殷勤地蓋到他身上。

她輕輕撫了撫皮甲的胸口處。她自己也累了，但仍覺得他的確該休息一下。

「貧僧等人也休息吧。」

蜥蜴僧侶重重地點了點頭。

「夜哨就照先前講好的順序。不好好睡覺，可真的會失敗。」

女神官、妖精弓手，礦人道士，三人以三種不同的方式回應他。

妖精弓手一邊鑽進被窩，一邊朝哥布林殺手瞥了一眼。

她小小唔了一聲。雖然聽說有戒心的野生動物，絕對不會在人前睡著。

——一想到自己忍不住有點開心，總覺得有些不痛快……

© Noboru Kannatuki

Adventurer's Guild Monster Manual

怪物手冊

G_

Goblin 哥布林 小鬼

森人語稱之為歐爾克，也稱歐克。要留意發音

【概要】outline

身高、體格、個性與行動模式，
都酷似狡猾的小孩。
單一個體瘦弱，在人稱「怪物」的物種當中
是最弱小的一種。會為了掠奪而攻擊村莊，
擄走女子，在巢穴中繁殖。數量很多。

← 強調。對於白瓷等級少人數或女性隊伍，要推薦驅逐下水道巨鼠

摘自部分冒險者的報告書：需查證

← 說是部分，其實就是「他」

【生態】the mode of life

主要棲息在洞窟。擁有採掘技術，
學習能力高。維持部落型態。只有雄性。
生態類似石器時代人類，沒有專屬文化。
所有物品都用劫掠他者的方式取得。
有施法者（Shaman）、騎兵（Rider）、返祖者（Hob）等多樣化的亞種。
另外若哥布林與其他物種交配，
都會生出哥布林，沒有例外。

０５０６案件
冒險者全軍覆沒，徵求替補人員

↑又來了？
每次都要交給「他」處理，實在也不太對

第7章『殺小鬼者』

巢穴看似忽然出現在遼闊的原野中。

不，稱之為巢穴，真的正確嗎？

白石砌成的方形入口，像是一處被大地埋住一半的隆起。

這不是洞窟類的構造。顯然是人工物。是古代的遺跡。

這座入口反射出快要西沉的太陽，閃出血色的光芒。

站哨的哥布林有兩隻。

他們分別站在入口兩旁，手上拿著長槍，穿著簡陋的皮甲，並排站立。

一旁還有著一隻狗，不，是狼在待命。

「GURUU……」

「GAU！」

其中一隻朝四周一瞥，就要坐下，但被另一隻責怪。

哥布林心不甘情不願地站起，打了個大大的呵欠，忿忿地瞪著太陽。

趴在大地上的狼忽然耳朵一動。野獸即使休息，也不會怠忽戒備。

Goblin Slayer
He does not let anyone roll the dice.

——而妖精弓手就從遠方的樹叢裡看著這一切。

「哥布林竟然還帶看門狗，真夠囂張。」

「證明這個群體有餘力。」

趴在一旁的哥布林殺手回答。

他視線始終向著哥布林，同時拿出一段細繩，一圈圈地纏到一塊小石子上。

「別大意。裡面的數量可是很多的。」

「順便問一下，換作沒有餘力的群體會是怎樣？」

「不養動物，看到就抓來吃。」

妖精弓手搖搖頭，心想不該問這個問題。蜥蜴僧侶不出聲地發笑。

「不過，要不要緊啊？很快就到晚上了，要不要等一天，隔天中午再行動？」

「現在對他們來說是『清晨』，不要緊。」

「……好吧。那我就動手了。」

妖精弓手嘆著氣，從箭筒抽出箭。

森人不用鐵器。

他們的箭，是由樹枝自然成形。以芽為箭尖，以葉為箭羽。

由紫衫樹枝繫上蜘蛛絲弓弦而成的大弓，比妖精弓手的身高還長。

但她駕馭起來卻是輕而易舉，只見她在樹叢中單膝跪立，彎弓搭箭。

蜘蛛絲緊繃得發出聲響。

「……妳應該不會中看不中用吧？」

礦人道士對只用木頭的器具無法信任，狐疑地問起。

「算我求妳，妳可別射空啊。我們的法術跟箭不一樣，沒辦法補充的。」

「安靜。」

妖精弓手嚴厲地制止。礦人道士乖乖閉上嘴，再也沒有人說話。

大弓拉得咿呀作響。風咻的一聲吹過，妖精弓手微微動了動她的長耳朵。

右邊的哥布林打了個呵欠。她放出箭矢。

這枝無聲無息射出的箭，卻射向比兩隻哥布林所在位置往右偏了幾分的方向。

礦人道士露骨地嘖了一聲。

妖精弓手卻在笑。她手上已經抓起一枝新的箭。

下個瞬間，箭劃出一道大大的弧線，從正右方射穿右邊哥布林的頸椎。

箭順勢從臉頰穿出，射中左邊哥布林的眼窩，刺了進去。

狼還搞不清楚發生什麼事就跳了起來，正要張嘴發出咆哮……

「太遲了。」

緊接著射出的第二箭射穿了狼的喉頭，令牠往後翻倒。

兩隻哥布林晚了一步，才像稻草似的倒地死去。

那一箭的軌道超乎常理，實實在在不是人類使得出來的技藝。

「好厲害！」

「漂亮，可是……剛剛那是怎麼回事？魔法嗎？」

女神官看得眼神發亮，蜥蜴僧侶則將一雙大眼睛睜得更大，問出這句話。

妖精弓手自豪地哼了兩聲，緩緩搖頭。

「當技術充分熟練，就會令人分不出是魔法還是技術。」

森人特有的長耳朵得意地上下擺動。

「妳在我面前講這個？」

以技術與魔法見長的礦人道士皺起眉頭。

「──……不對勁。」

哥布林殺手從樹叢中站起。

他本來打算如果妖精弓手失手，就要用投石索補上，再朝敵人撲上去。

「怎樣？你有意見嗎？」

妖精弓手似乎以為他對自己的技藝不屑，上前逼問。

哥布林殺手嫌麻煩似的搖搖頭。

「他們在害怕著什麼。這世上怎可能有勤奮的哥布林？」

「……不就是因為在森人的森林附近築了巢嗎？」

「但願如此。」

他回答得不起勁，大剌剌走向哥布林的屍體，在他們身旁跪下。

「啊，呃……」

女神官多半是看出他要做什麼，笑容變得僵硬，以微小的聲音問起：

「要……要不要，我幫忙？」

「不用。」

哥布林殺手回答得極其乾脆。

女神官鬆了一口氣，臉色卻有些蒼白。

「……他要做什麼？」

這麼一弄下來，妖精弓手自然好奇得不得了，以輕快的腳步走近，湊過去看他在搞些什麼花樣。

不知不覺間，哥布林殺手手中已經握著一把小刀。

他將小刀刺向哥布林的腹部，大剌剌翻動內臟。

「……!?」

妖精弓手表情僵硬。她趕緊拉住哥布林殺手的手臂。

「等、等一下！就算敵人是哥布林，又何必對屍體做這種……！」

「他們對氣味很敏感。」

「……啥？」

哥布林殺手平淡地說出答非所問的話語。

他讓皮製的護手沾滿黏膩鮮血，從哥布林體內拉出了肝臟。

「尤其是女人、小孩和森人的氣味。」

「咦，等、等一下……我說啊，歐爾克博格，我想你應該不會——……」

哥布林殺手不回答，而是用手巾包住肝臟，用力一擰。

妖精弓手想通他盔甲上的髒汙是怎麼來的，當場臉色蒼白。

§

過了一會兒，一行人將哨兵屍體藏到草叢內之後，踏進了遺跡。

圍繞著白堊牆壁的狹窄通道，似乎是緩緩的下坡。

擔任前鋒的哥布林殺手，用手上的劍輕輕敲打去路上的地板與牆壁。

然後他把小石子綁在繩索上擲出，確定石子順利滾完，才迅速拉回手上。

「沒有陷阱。」

「……唔，在貧僧看來，這裡多半是神殿吧。」

「畢竟聽說這附近的平原，在神紀曾發生過戰爭。」

女神官回答蜥蜴僧侶的疑問。她輕輕摸了摸牆上雕刻的壁畫，點了點頭。

「多半就是當時的堡壘之類的……雖然從構造看來……似乎是出自人族手筆。」

「士兵離去，改由小鬼棲息，是吧？還真是殘酷。」

蜥蜴僧侶搖動尾巴，重重點頭，雙手合掌。

「說到殘酷……長耳丫頭要不要緊啊？」

「嗚噁噁……好噁心……」

森人傳統的裝束沾滿紅黑色髒汙，讓妖精弓手一直在啜泣。

她被抹得滿頭滿臉都是從哥布林生肝擰出的汁液。

就連礦人道士，似乎也無意再捉弄如此悽慘的她。

哥布林殺手在妖精弓手身旁淡淡說道：

「妳要習慣。」

他用綁著盾牌的左手握著火把，右手早已拔出劍。

妖精弓手也隨著將大弓掛回肩上，一邊拿出短弓，一邊狠狠瞪了他一眼。

只是她眼角含淚，長耳朵沒出息地垂下，所以一點魄力也沒有。

「……回去以後絕對要讓你好看，給我記住。」

「我會記住。」

哥布林殺手冷冷地點點頭。

他手中的火把微弱地搖曳，火焰似乎仍然受到結界壓抑。

古代森人的結界，直透到這遺跡的深處。

不，說不定在很久以前，這個地方也住著森人。

只是對他來說，問題就只有「無法用火攻」。

「凡人這種生物可真是不方便啊。」

礦人道士捻著鬍鬚這麼說。

一行人之中，只有哥布林殺手拿著可以做為光源的東西。

無論礦人、森人，還是蜥蜴人，多多少少都能在暗中視物。

「沒錯。所以才得要手段。」

「至少想些好一點的辦法吧……」

妖精弓手厭惡地說了。

她的模樣實在太悽慘，讓女神官看不下去，從她身後輕聲出言安慰。

「這個，洗得掉的……多少可以。」

「……妳也吃了不少苦嘛。」

「呃，我已經，習慣了。」

女神官為難地笑了——她身上的聖袍也沾上了紅黑色的髒汙。

用雙手輕輕握住錫杖的女神官，走在隊伍前面數來第三個的位置。

隊形從前到後，依序是妖精弓手、哥布林殺手、女神官、礦人道士、蜥蜴僧侶。

由於通道的寬度夠讓兩個人並肩行進而有餘，女神官的位置像是被前後各兩人包夾。

畢竟她是白瓷等級，是一行人當中最沒有實力，最脆弱，非得保護不可的一個。

但話說回來，即使女神官自身有些心虛，卻沒有人覺得她是包袱。

畢竟施法者各自所能施展法術的次數，都不算太多。

他們並不是一天能施展數十次法術或神蹟的白金等級。

有沒有一個能夠治傷的人，有沒有剩下一次法術——

光是這麼一點差距，就會讓全隊得救的可能性大不相同。

不，或許應該說，能夠節省法術的人，才有辦法生存下去……

「……」

女神官留意著前後的同伴，雙手悄悄握緊了錫杖。

——簡直像是一場普通的冒險……

而自己又站在倒數第二排。

——就和第一次，一樣。

女神官以顫抖的嘴唇，一再悄悄念出地母神的名諱，暗自祈禱。

她心想，最好是什麼事都不要發生。但她也早已知道，這個要求是強人所難。

鋪了石板的通道上，只有幾名冒險者的腳步聲格外響亮。

感覺不到哥布林存在的聲息。至少，現在還沒有。

「我是早就習慣待在地下了……不過這種噁心的感覺是怎麼回事？」

礦人道士擦掉額頭的汗水咒罵。

從踏入遺跡以來，這緩緩的斜坡就一直沒完沒了。

本以為是直線的通道漸漸彎曲，看樣子是形成螺旋狀。

一圈一圈往下降的路程，令人平衡感失調。

「總覺得，就像待在一座塔裡面……」

「既然說是古代堡壘，也就有可能是這種構造吧。」

女神官說完也呼了一口氣，蜥蜴僧侶回答她。他就走在隊伍的尾巴，搖動自己的尾巴。

「要不是處在這種狀況，真想花點時間四處看看呢。」

妖精弓手小聲發著牢騷。

過了一會兒，下坡道總算結束，通道分為左右兩條。

乍看之下一模一樣，沒有什麼差異的通道，呈T字形往兩旁延伸。

「慢著。」

此時妖精弓手尖銳地出聲示警。

「怎麼了？」

「不要動。」

她短促地制止哥布林殺手，整個人趴到地上。

她用纖細的指尖輕輕摸過前方石板的縫隙，仔細搜索。

「梆子嗎。」哥布林殺手問了。

「大概。因為是全新的，我才能注意到，一個大意就會踩上去，要小心。」

原來如此，妖精弓手所指的地板，確實微微高了些。

一旦踏上去，就會觸動機關而發出聲響，裡頭那些哥布林立刻就能察覺到有人入侵。

女神官吞了吞口水。

他們才剛走下那令人厭惡的螺旋坡道，專注力與知覺都已經走樣。

經她說明後的確看得出來，但若不是她提醒，肯定已經忽略過去。

「那些臭哥布林，真會耍小聰明。」

礦人道士捻著鬍鬚咒罵。

「……」

哥布林殺手用火把照亮地面，然後又將火把湊到左右牆上檢查。

綿延不絕的白石通道上，除了遠古人們留下的燈火餘燼以外，什麼都沒留下。

「怎麼了？」女神官問。

「找不到圖騰。」

「啊，對耶……」

聽到哥布林殺手這句話，讓唯一能理解的女神官以外所有人都歪了歪頭。

「……」

但哥布林殺手不說話。

——他在思考。

女神官察覺到這件事，趕緊環顧眾人：

「這，呃，也就是說，裡頭沒有哥布林薩滿。」

「哎呀，沒有施法者（Spell Caster）？那不是輕鬆多了嗎。」

妖精弓手笑著一拍手。

「不對。」

咻的一聲響，蜥蜴僧侶發出尖銳的呼氣聲。

「照這情形推斷……沒有施法者才是問題所在吧，小鬼殺手兄。」

「沒錯。」

哥布林殺手點點頭，用劍尖指向梆子。

「若只有一般哥布林，做不出這種機關。」

「畢竟既然是全新的，多半也就非遺跡原有的機關啊。」

「我本來考慮弄響梆子引他們出來，迎頭痛擊。」

哥布林殺手靜靜地說道。

「看來最好別。」

「貧僧聽說小鬼殺手兄，以前也曾擊垮過大規模的巢穴。」

蜥蜴僧侶一邊抬起尾巴以免碰響梆子，一邊問起。

「當時你是怎麼做的？」

「燻出來、個個擊破。放火。灌河水進去。方法有很多。」

妖精弓手在一旁聽著，露出有口難言的表情。

「……在這都不管用。分辨得出腳印嗎？」

「對不起。如果是洞窟也還罷了，石板我就……」

「來，讓我也看一看。」

「是沒關係啦……你可別踏響梆子啊。」

「我知道我知道。」

礦人道士上前來，彎下腰。妖精弓手乖乖讓出了空間。

他往T字路兩端來來回回走動，不時踢踢石板，又仔細凝視。

過了一會兒，礦人道士自信滿滿地捻著鬍鬚說：

「我看出來了。他們的巢穴在左邊。」

「……?請問這是怎麼回事?」

女神官覺得不可思議地問了。

「我是看地磚磨損的程度。不是從左邊來然後往右繞回去;就是從左邊來,再往外走。」

「確定嗎。」哥布林殺手問。

「我好歹是個礦人啊。」

礦人道士拍著肚子掛保證。

哥布林殺手微微點頭,說聲:「是嗎」之後就不說話了。

「怎麼了?小鬼殺手兄。」蜥蜴僧侶問。

「我們從這邊過去。」

哥布林殺手說著挺出劍,指向右邊的通道。

「那些哥布林不是在左邊嗎?」

妖精弓手歪了歪頭。

「對……但會太遲。」

「什麼事情太遲?」

「去就知道。」

哥布林殺手點點頭，淡然地說道。

進了右邊的通道後沒走多遠，就飄來一股令人作嘔的臭氣。

空氣十分溼黏，一種奇妙的酸味隨著呼吸而附著在喉嚨上。

「嗚！」

「唔……」

礦人道士捏起鼻子，蜥蜴僧侶也狐疑地轉動眼珠。妖精弓手忍不住一手從短弓上移開，摀住了嘴。

「這什麼東西……好臭……欸，妳還好嗎？」

也難怪她會忍不住開始關心起女神官。

因為女神官的牙齒震得喀喀作響。她對這個氣味，並不陌生。

「有意識地用鼻子呼吸，馬上就會習慣。」

哥布林殺手頭也不回。

他大剌剌地大步走向深處。

一行人趕緊跟上。女神官也勉強往前走。

臭氣的來源很近。前方嵌著一扇即將腐朽的木門，隔開了遺跡的一塊空間。

「哼。」

哥布林殺手毫不猶豫地踹開了門。

門發出咿呀聲，結束了自己的職責，倒向室內。

地板上的汙水被門板一砸，啪的一聲四散濺開。

這裡是那些哥布林用來棄置各種穢物的地方。

吃剩的渣、沾黏腐肉的骨頭、遍地橫流的糞尿、屍骨還有大堆破銅爛鐵。

本應是白色的牆壁與地板，幾乎全被垃圾掩蓋，沾滿紅黑色的髒汙。

其中可以看見一頭弄髒的金髮，以及被鐵鍊綁住的腳。

瘦弱的四肢上有著慘不忍睹的傷痕。肌腱被挑斷了。

是一名森人。

雖說全身滿是髒汙，面容也十分憔悴，但她的左半身仍保留了美麗的容貌。

右半身則不然。

女神官心想，簡直像是被人把葡萄塞進體內。

整個右半身滿是瘀青腫痕，幾乎看不見白嫩的肌膚，包括眼睛與乳房，全都被打得潰爛。

這意圖非常明白，就只是為了嘲笑她。

啊啊，又來了。這樣的念頭冰冷地從女神官心中掠過，讓她愣愣地站著不動。

「嗚噁、嘔噁噁噁噁……」

連一旁的妖精弓手彎下腰，大口嘔出胃裡的東西，都讓她覺得是很遙遠的世界發生的事。

「……這是怎樣——」

「小鬼殺手兄。」

礦人道士捻著鬍鬚，但掩飾不住表情的僵硬。

連不容易看出表情的蜥蜴人臉上，都透出了厭惡。

「第一次看到？」

聽見這句平靜的話，妖精弓手也不擦拭嘴邊的髒汙，點了點頭。

她眼淚直流，耳朵垂下。

哥布林殺手點點頭：「是嗎。」

「……了……殺了……給殺了……」

聽到這微微發出的啜泣聲，女神官驚覺地抬起頭。

遭到囚禁的森人還有氣息！

女神官趕緊跑過去，扶起了她，全不在意手上沾到穢物。

「給她喝藥水……！」

「不，虛弱成這樣，說不定會噎住。」

蜥蜴僧侶也立刻上前，用他長了鱗片的指尖，檢查她傷痕累累的身體。

「這些傷本身不會致命。可是，很危險啊，她已經憔悴到了極點。用神蹟。」

「好的……！」

女神官將錫杖拉回胸前，一手放上受傷的森人胸口。

「『慈悲為懷的地母神呀，請以您的御手撫平此人的傷痛』。」

哥布林殺手也不管眼前有神職人員正帶來神的奇蹟，走向妖精弓手。

「認識嗎。」

妖精弓手仍彎著腰，無力地搖搖頭。

「大概……大概跟我一樣，是『無根草』森人，是冒險者……多半是。」

「是嗎。」

哥布林殺手點點頭，大剌剌走向森人。

他的手上握著劍。蜥蜴僧侶以狐疑的眼神抬頭看他。

「啊……！」

——已經，來不及了。

女神官蒼白著臉站起。

「請、請等一下……！」

她攤開雙手，擋在森人身前。

哥布林殺手並不停步。

「讓開。」

「不可以……不可以這樣！」

「我不知道妳誤會了什麼。」

哥布林殺手嫌麻煩地說了。

他不動聲色，殘酷而淡然。

「我，只是來殺哥布林。」

劍揮了下去。

血沫飛濺之中，傳來嘎的一聲哀號。

「三。」

身體重重倒下。

那是一隻後頸脊椎被劍捅入的哥布林，手上的毒短劍應聲落地。

沒有人發現他潛伏在森人背後的大堆穢物裡頭。

不對，不是這樣。女神官搖了搖頭。他，還有她，都注意到了。

「那些傢伙……把他們，全殺了……！」

遭到囚禁的森人冒險者，嘔血似的如此呼喊。

哥布林殺手踏住屍體，拔出劍。

他用哥布林的衣服，擦了擦沾到血與油脂而反光的刀刃。

「那當然。」

哥布林殺手淡淡地回答。眾人一句話也不說。

他一直以來看到了些什麼？他究竟是什麼來頭？

此刻，在場的所有人，都已經理解了。

女神官也回想起魔女評論這個男人的話。

妳應該自己決定——魔女這麼告訴她。

女神官現在徹徹底底明白了這句話的意義。

所有的冒險者，就連在第一場冒險中就挫敗的冒險者，都經歷過殺或被殺。

相信也都看過暴虐而殘忍的光景。

被怪物毀滅的村莊或都市，並不是那麼稀奇。

即使如此，其中必然有著「法則」。

連遊民、山賊、黑森人、龍或史萊姆，行動當中也都有著理由。

然而，可是，就只有哥布林，不一樣。哥布林有的，就只是惡意。

一種對包括凡人在內的所有生物都抱持的惡意。

不斷獵殺哥布林，也就等於是不斷挺身對抗這種惡意。

這絕對不是冒險。

自行選擇這條路，勇敢邁進。

這樣的人，甚至已經不是冒險者。

是他。

這個身穿髒汙的皮甲與鐵盔，拿著不長不短的劍與小盾的人。

「專殺小鬼之人（Goblin Slayer）……」

有人輕輕念出了這個名號。

自告奮勇負責將這名森人俘虜送去森林的，是蜥蜴僧侶。

他從掛在腰間的袋子裡拿出幾根小小的牙齒，撒到地上。

「禽龍之祖角為爪，四足，二足，立地飛奔吧。」

應聲撒到地上散開的牙齒，沸騰冒泡似的迅速膨脹。

過不了多久，牙齒化為直立的蜥蜴骷髏模樣，對蜥蜴僧侶單膝跪下，低頭行禮。

「這是父祖授予的奇蹟『龍牙兵（Dragon Tooth Warrior）』。」

「戰力如何。」

「貧僧也有相當位階，所以不至於連一、兩隻小鬼都打不贏。」

蜥蜴僧侶對哥布林殺手這麼說明。

他們讓龍牙兵帶上說明事情原委的信，隨即扛起森人出發。

這樣一來，包括「小癒」在內，算算他們已經耗用了兩次神蹟。

但沒有一個人抗議。

「真是夠了……這種事，根本莫名其妙……」

妖精弓手蹲著啜泣，女神官輕輕摸著她的背。

儘管置身於充滿穢物的房間，但不可思議的是，一行人對臭氣已經不在意了。

——多半是，習慣了吧。

女神官以一種彷彿天昏地暗的心情，死了心似的微微一笑。

礦人道士皺起眉頭捻著鬍鬚。

他說有些不舒服，站在房間門口。

扛著森人的龍牙兵，從他身旁走過。

哥布林殺手背對這一切。

他在垃圾堆裡翻找、檢查、搗挎，過了一會兒，從穢物中拖出了一個物體。

那是個用帆布製成，顯然很合冒險者用途的堅固背包。

相信哥布林多半也在裡頭翻了好一陣子，找得膩了才丟掉。

只見背包相當髒。

哥布林殺手也和哥布林一樣，伸手到背包裡翻來翻去。

「果然有啊。」

接著他拿出一張被胡亂揉成一團的紙。這張紙相當老舊，微微泛黃。

「……請問，那是什麼？」

女神官一邊摸著妖精弓手的背，一邊輕聲問起。

「想必是那個森人的東西吧。」

哥布林殺手淡淡地回答，將紙張——不，是將乾燥的葉子攤開。

他用指尖順著那以流利筆觸畫出的圖形撫過，想通了似的點點頭。

「遺跡的地圖。」

「她就是靠著這張地圖，一路潛到這裡來的吧……」

不幸的是，她鐵定作夢也沒想到，這裡竟然成了哥布林的巢穴。

涉足未知的遺跡，也是只有在進行冒險時才會發生的事態。

因此，他們能夠趕上，算是她運氣好。雖然女神官不想這麼認為。

「左邊的道路通往回廊。」

哥布林殺手一邊仔細檢查地圖一邊說道。

「往上是打通的。十之八九就在那。沒有別的地方大得能讓他們睡覺。」

哥布林殺手隨手摺起地圖，塞進自己的雜物袋。

「似乎是左邊沒錯。」

「……哼。」

礦人道士不高興地哼了一聲。

哥布林殺手又從森人的行李中，拿出軟膏等幾樣物品。

然後隨手將這背包扔向妖精弓手。

「……？」

「妳拿著。」

妖精弓手本來一直低著頭，接住背包後，睜大眼睛抬起頭。

似乎是因為揉過，她水潤的眼角紅腫，表情十分令人心疼。

「我們走。」

「等一下，你這麼……」

「……沒關係。」

妖精弓手制止拉高音量的女神官，搖搖晃晃地站起。

「畢竟，非去不可，不是嗎？」

「沒錯。」

哥布林殺手答得十分平淡。

他的腳步大剌剌又粗暴，一如往常地肆無忌憚。

踏在踹倒的門板上，他理所當然到了極點似的離開了垃圾場。

頭也不回。

「啊，請、請等一下！」

「……」

女神官與妖精弓手小跑步跟上。

剩下的兩名冒險者悄悄對看一眼。

「……實在是，這小子真夠離譜。」

礦人道士捻著鬍鬚嘆氣。

「竟然有這樣的傢伙，凡人這種人種，該怎麼說……」

「看來他媲美黎明暴君（Eotyrannus）（註4）的傳聞，倒也不是空穴來風啊。」

蜥蜴僧侶轉了轉一雙大眼睛。

「半走火入魔的高手工匠，就是那副模樣。」

「不管怎麼說，我們非去不可。貧僧也饒不了這些傢伙。」

「我也是啊，長鱗片的。說起來，這些小鬼對礦人而言，本來就是不共戴天之敵。」

礦人道士與蜥蜴僧侶也點點頭，朝哥布林殺手身後跟去。

左邊的通道大不相同，就像迷宮一樣錯綜複雜。

這是堡壘特有的構造。

要是沒掌握住地形，連前進都辦不到。

但他們擁有森人留下的地圖。

註4　始暴龍。暴龍超科下的一屬恐龍，成年身長超過四公尺。

面對陷阱，也有兩名探索者可以應付。

途中雖然遇上幾次巡邏的哥布林，不過大致可說行進得十分順利。

哥布林由妖精弓手以短弓射殺，一旦失手，就換哥布林殺手撲上去。

到頭來，遭遇這群人的哥布林當中，沒有一個活下來。

女神官悄悄窺看妖精弓手那有如繃緊弓弦的臉。

她曾在遺跡入口露了一手奇蹟般的弓術，竟然會失手這麼多次……

相較之下，哥布林殺手則一如往常。

他以大刺刺的腳步往前邁進。

「剩下幾次法術？」

過了一會兒，他們且進且休地來到回廊前，進行最後一次小憩。

哥布林殺手靠在牆上，一邊更換自己的武器，一邊平靜地問。

女神官走向蹲下去的妖精弓手身旁，一邊揉著她的肩膀，一邊點頭回答：

「呃，我只用了那次『小癒』，所以……還剩兩次。」

「貧僧也只用了一次『龍牙兵』。應該還能撐個三次，但……」

蜥蜴僧侶搖動尾巴翻找自己的行李，抓起一把牙齒。

「『龍牙兵』的神蹟需要觸媒。就這個法術來說，各位最好當作只能再用一次。」

「知道了。」

哥布林殺手點頭。他將視線轉到礦人道士身上。

「你呢？」

「我想想……」

礦人道士彎起他小而短的手指，低聲細數。

「我也得看是什麼法術……不過大概四、五次吧。四次肯定有。放心。」

「是嗎。」

愈是高階的施法者，能施展法術的次數也愈多，但絕非急遽上升。

追根究柢來說，所謂施法者的實力，就取決於能夠施展的法術種類與難度。

除非天賦異稟，成為最高階的白金等級冒險者，否則一天頂多用上數次。

正因如此，每一次法術的價值極高，最先死的都是浪費法術的人。

「請問，要喝嗎……喝得下嗎？」

「……謝謝。」

女神官悄悄遞出水袋，妖精弓手靜靜地啜飲。

她一路走來，幾乎不發一語。

每次女神官關心地詢問，妖精弓手就勉強露出笑容搖頭。

女神官心想，這也難怪。

畢竟她親眼目睹自己的同胞遭遇了什麼樣的下場。

女神官自己，也不時會夢到以前那群同伴的末路。

當時他們只剩兩個人，毫無喘息餘地，一直拚命移動。

現在回想起來，沒有時間靜下來，反而是種幸運。

「別往肚子裡裝東西，血流會不暢通。」

動作會變遲鈍。哥布林殺手淡淡地說著。

他不是關心妖精弓手，單純只是極為義務性的確認。

女神官忍不住護著妖精弓手似的站起。

「哥布林殺手先生！請你，多顧慮一下……」

「沒必要掩飾。」

他緩緩搖頭回答。

「能就來，不行就回去。如此罷了。」

「……別說傻話了。」

妖精弓手擦了擦嘴角的水滴說道。

「我可是獵兵。只靠其他人……靠歐爾克博格一個人，做不來斥候和搜索陷阱的工作吧？」

「盡力而為就是了。」

「我是在說，這樣戰力會不足啦。畢竟我們本來也就只有五個人。」

「人數不是問題，放著這裡不管才是問題。」

「啊啊，夠了……！」

妖精弓手用力搔了搔頭，長耳朵筆直豎起。

「到底是怎樣嘛，真是的！莫名其妙……！」

「……那，妳要回去？」

「我怎麼可能回去！森人被那樣凌虐！附近又有我的故鄉……！」

「……是嗎。」

哥布林殺手對憤慨的妖精弓手點點頭。

「那，我們上。」

說著他站了起來。

這是宣告休息時間結束的信號。

哥布林殺手就這麼默默開始前進。

妖精弓手恨不得咬上一口似的，瞪著他的背影。

「長耳朵，妳冷靜點。不要在敵人的陣地裡大呼小叫。」

「……也對。」

礦人道士輕輕拍了拍她的背。妖精弓手的長耳朵垂了下來。

「對不起。雖然聽礦人的話實在令人不爽，但你的意見是對的。」

「呵！妳總算恢復精神啦。」

妖精弓手執起短弓，往前邁出步伐。女神官也對礦人道士點頭表示謝意，然後跟了上去。

礦人道士一邊翻找雜物袋，一邊跟在後頭。而蜥蜴僧侶走在最後面。

「……萬萬不能大意啊。」

「唔。貧僧也得做好祈禱的準備才行。」

蜥蜴僧侶以奇妙的手勢合掌。

§

一行人根據地圖行進，很快來到了回廊。

妖精弓手揮手表示自己要先去探一探，然後就踮起腳尖，用貓一般輕盈的腳步上前。

她看見的，是一處寬廣的空間。

回廊就如地圖所示向上挖通。

抬頭可以看見天井，多半直通到地面上。

除了能活上幾千年的森人以外——不，就連森人在內，都無人能勝過歲月。

即使如此，白堊岩的牆上仍留著以優美筆觸畫出的神紀世界戰爭。

壯美的諸神與凶煞的諸神，各自揮舞寶劍、擲出雷鎚，隨後更伸手去拿骰子。

創世圖。

若說這裡曾是堡壘，那麼過去的士兵們看著這些圖，又在想些什麼呢？

如果不是處在這種狀況下，妖精弓手或許早已看得讚嘆出神。

然而現在的她根本沒有心思去想這些。

她從回廊上的扶手探頭，悄悄自天井往下窺探。

有如懸崖般聳立的壁畫底下，果然遍布一大群哥布林。

而且不是一、兩隻，甚至不是一、二十隻。

數目多得令人想到就眼前一黑。

即使把五名冒險者雙手手指全部加起來，也不夠數。

妖精弓手吞了吞口水。悶在她心中燃燒的憤怒火焰，當場冷卻下來。

那個森人就是被這麼多的小鬼拿來洩欲。

要是一個輕忽，又會有什麼樣的命運在等著自己？

她沒有勇氣獨自面對這個挑戰。

為了壓住差點碰出聲的齒根，妖精弓手用力咬緊了嘴脣。

「如何。」

「…………!?」

妖精弓手全身一震，耳朵垂直豎起。

是哥布林殺手。不知不覺間，他已經來到她身旁蹲下。

有一部分是因為妖精弓手正專注地觀察著下方。

但仍不改他一聲不響就來到她身邊的事實。從他平常粗暴的步伐簡直無法想像。

或許是考慮到會被哥布林發現，他手上並未拿著火把。

「不、不要嚇我好不好……!」

「我沒這個意思。」

妖精弓手忿忿地瞪著他的鐵盔，擦掉額頭冒出的汗水後點點頭。

「你也看到了，相當多。」

「根本不成問題。」

哥布林殺手淡淡地說了。

他招手叫來剩下的同伴，迅速告知他擬定的計畫。

沒有人反駁。

§

最先注意到異狀的，是一隻從被窩裡爬出來的哥布林。

換班的時刻快要到了，但上一班哨兵似乎還沒回來。

唔，就再去折磨一下那個長耳朵的森人吧。

最近她愈來愈不叫，玩起來沒意思，但只要趕快抓一隻新的來代替就好了。

因為機會很快就會來了。

他大大伸了個懶腰，伸展那餓鬼似的身軀。

這隻哥布林打呵欠時，在回廊上頭看見了異樣的東西。

是礦人。

礦人含了一口手上紅色壺裡裝的液體。

「GUI……？」

接著礦人就朝無法理解而歪頭納悶的哥布林，將液體一口噴了出來。飛沫就像霧氣似的散開。

哥布林吸了吸鼻子。這是酒。那個礦人噴出的是酒。

「『喝吧歌唱吧酒的精靈（Spirit），讓人作個唱歌跳舞睡覺喝酒的好夢吧』。」

接著又來一次。酒水飛沫灑向發著呆抬頭仰望的哥布林頭上。

這個行動令他無法理解，但總之他張開了嘴，想通知同伴。

「——」

但他發不出聲音。不，舌頭會動，呼氣也洩得出去，但就是不成聲。

這到底是怎麼一回事呢？

仔細一看，礦人身邊站著一名嬌小的凡人女子，正揮動錫杖。

「『慈悲為懷的地母神啊，請賜予靜謐，包容我等萬物』……」

哥布林完全無法理解她那小而纖細的聲音，究竟有著什麼樣的意義。

哥布林拚命用他小小的腦袋思索，但硬是覺得整個身體輕飄飄的，舒暢得不得了。

反正上一班衛兵還沒回來，再睡一會兒應該也沒關係吧。

他大大打了個呵欠，再度鑽進被窩。

於是他死了。

根本不知道自己中了「酩酊(Drunk)」與「沉默(Silence)」。

哥布林殺手已經用手上的短劍，割開了哥布林的咽喉。

他毫不留情地按住睜大眼睛、喉頭湧出血沫的哥布林，靜靜將之殺死。

此外妖精弓手與蜥蜴僧侶，也都無聲無息地下了回廊，來到廣場揮動武器。

他們必須趁女神官與礦人道士還維持住法術效力的期間，迅速解決這些哥布林。

這件事本身進行得平淡無奇。

對睡著的哥布林一一割喉，並按住對方，直到對方不再動彈，然後去殺下一隻。

但這說不上是輕鬆的工作。

「……！」

等到割開第三隻哥布林的咽喉，妖精弓手已經掩飾不住疲勞。

她額頭冒汗，石製的小刀刀刃被血與油脂沾黏而變鈍。她心急地拚命擦拭，但就是擦不去油脂。

她驀然往旁一看，心想不知道其他同伴現在狀況如何。

蜥蜴僧侶用的是一把用獸牙磨製成的刀，白色的刀刃已經染成深紅色。

刀絲毫沒有變鈍的跡象，肯定是以神蹟創造出來的武器。

至於哥布林殺手，則一個接著一個，割開哥布林的喉嚨。

——他身上只有普通的武器吧？

妖精弓手憑著森人獵人特有的視力，注視他手上。

他又殺了一隻哥布林後，擊碎屍體的手指，搶走短劍，隨即將變鈍的刀扔開。

——原來如此。

妖精弓手將小刀收回鞘中，效法哥布林殺手的做法。

睡著的小鬼們渾然不知同伴正遭到屠殺，一行人不斷割開這些小鬼的咽喉，將之殺死。

殺著殺著，妖精弓手察覺到自己的怒氣已經煙消雲散。

她並非忘了同胞悲慘的模樣。忘是沒忘，但……

「……」

內心有著的，是一種不明所以、機械式的，無機的冰冷。

不知不覺間，她吞了吞口水，視線往旁游移。

轉向那個穿著廉價皮甲與鐵盔，若無其事逐一割開哥布林咽喉的人身上。

——他，是怎麼會想一個人做這種事……不對，是只有獨自一人，仍一直做到現在、吧。

自己該怎麼看待他才好呢？

妖精弓手不明白，而且看旁邊的同時，仍持續在從哥布林的手中搶走小刀。

結果他們花不到三十分鐘，就把廣場上的哥布林全都殺了。

無論白石砌成的廣場，還是美麗的神話壁畫，全都沾滿了哥布林的血。

——真的是一片血海呢。

妖精弓手認為這個說法非常貼切。

過了一會兒，留在回廊上的女神官與礦人道士，也都喘著大氣下到廣場。

哥布林殺手環視眾人，將劍尖朝廣場深處一指。

他本來就髒汙的全身，沾染得更黑更紅，但妖精弓手也差不了多少。

而手中的地圖，揭曉了再過去還有別的房間。

他們必須仔細探查、搜索，若發現有剩下的哥布林活著，就非得殺光不可。

妖精弓手和他的目光——雖然他戴著頭盔，所以不敢確定——交會。

哥布林殺手點點頭，踩著大剌剌的步伐邁進。

他還是一樣，頭也不回。

此處是個寂靜的世界，要是其他人沒注意到，他打算怎麼辦啊？

——真是的。

眾人對看一眼，默默相視而笑。

妖精弓手也用沉重得像是鉛塊的手臂拿起短弓，跟了上去。

過了一會兒，就在所有人不約而同正要離開廣場時……

空氣忽然間傳來轟的一波震動。

一陣寂靜之中，只有這陣衝擊撼動了空間。

所有人都停下腳步。

瞪向他們正要前往的去路。哥布林殺手迅速舉好盾牌，毫不大意地拔出劍。那是從哥布林手上搶來的劍。

接著又是轟的一波震動。比剛才要近。正在往他們逼近。

然後，對方從黑暗中現身了。

巨大的身軀是深藍色的，額頭上長著角，口中吐出腐敗的臭氣，手上拿著巨大的戰錘。

妖精弓手震驚地瞪大眼睛，喃喃擠出一句話。

「巨魔（Ogre）……！」

總算恢復聲響的世界之中，最先響起的就是這個名稱。

© Noboru Kannatuki

「才想說那些哥布林怎麼這麼安靜，原來連嘍囉該做的事都做不好……！」

巨魔從裂開的嘴洩出氣息，說話的嗓音有如咆哮。

「你們幾個，和先前那森人不一樣吶。明知這裡是吾等的堡壘，卻還敢來撒野。」

一股令人發麻的殺氣穿刺在冒險者們身上。他的金色眼睛燃燒著熊熊的怒火。

冒險者們各自拿起武器，放低姿勢，採取隨時都能做出反應的姿態。

就在這樣的情勢下，哥布林殺手淡淡地說：

「……搞什麼。不是哥布林啊。」

「那是巨魔啦！你竟然不知道……!?」

妖精弓手一邊拉緊搭上箭的短弓，一邊臉色大變地呼喊。

巨魔。食人鬼。

若說哥布林有的是對有言語者的惡意，那麼巨魔有的則是獵殺獵物的狩獵欲。

巨魔是不祈禱者（NPC），在冒險者們的認知中是一種莫大的威脅。

遭遇過巨魔的冒險者，都會眾口一辭地談起這種怪物的強大與可怕。

有人說，一名騎士拿著堅固的盾牌，擋住巨魔的攻擊，結果被自己的盾牌埋進頭部斃命。

有人說，一名勇士挑起百日決鬥，結果每天都非得和無傷的巨魔對戰，最後力竭而亡。

有人說，一名廣納多種法術的魔法師和巨魔鬥智，最後反倒被施展法術燒死。

即使是由第三階的銀等級冒險者來對抗，仍然是個駭人的強敵。

何況是最低階的白瓷等級，想必根本不堪一擊。

眾人臉上都透出濃厚的緊張神色，女神官的顫抖沿著苗條的手臂傳遞過去，讓錫杖碰得喀噠作響。

但哥布林殺手以由衷嫌麻煩似的口氣說：

「沒聽過。」

這時一聲物體碎裂般的聲響傳來。是巨魔咬牙的聲音。

他瞪著眼前這名身穿廉價皮甲與鐵盔的戰士，彷彿在看一種離譜的事物。

「你這傢伙！是在藐視蒙魔神將授予兵權的吾嗎……！」

「我很清楚有高階種存在。」

哥布林殺手「唔」了一聲，搖了搖頭。

「但你，還有你所謂的魔神將，我沒聽過。」

巨魔盛怒之下，咆哮了一句聽不清楚的話。

任憑激動的感情驅使而砸下的戰鎚，將白堊地磚砸得粉碎，撼動了遺跡。

「那你就親自嘗嘗這威力吧！」

他蒼白的巨大左手伸向一行人。

『卡利奔克爾斯·克雷斯肯特（火礫成長）……』

他的手掌微微發光，光點翻轉為火焰。

火紅燃燒的火焰迅速轉為橘色，接著變成白色，隨即化為藍色……

「『火球（Fireball）』要來啦！」

「『——雅克塔（投射）』！」

礦人道士以丹田喊出警告的同時，巨魔發出了法術。

達到致命溫度的火球呼嘯生風，拖著尾巴淩空飛來。

「散開！」

妖精弓手破聲呼喊。對於廣範圍有效的法術，散開以免被一網打盡，乃是慣用手段。

冒險者們各自散開，卻有個人直線往前衝。

「『慈悲為懷的地母神呀，請以您的大地之力，保護脆弱的我等』……！」

女神官以她嬌小的身軀攔在火球前方，伸出錫杖，發出磨耗靈魂的祈禱。

而慈悲為懷的地母神，聽進了她這醞釀著懇切願望的祈禱。

是「聖壁」的神蹟。

猛烈燃燒的火焰在空中被隱形的屏障擋住，發出轟的一聲巨響，欲將屏障燒毀。

「嗚、嗚嗚……！」

餘波與餘熱湧向女神官，毫不留情地炙燒她的皮膚與頭髮。

女神官伸出的錫杖連連顫動，額頭上冒出汗水。

「慈、慈、『慈悲為懷的地母神呀，請以您的大地之力，保護脆弱的我等』！」

她嘴唇乾澀、肺部火燙，仍拚命繼續祈禱。

但面臨這強大的熱能，隱形障壁一寸一寸被熔開……

「聖壁」的神蹟，終於在尖叫聲中遭到「火球」突破。

「啊、啊啊!?」

儘管致命的火焰與高熱已經消散，仍有強烈的熱風席捲整座大廳，撲向了冒險者們。

空氣中的水分轉眼間消滅，哥布林們的血池全都乾了。

然而這並未造成損傷。

「嗚，哈啊……！吁、呼……嗚，啊……！」

代價就是女神官膝蓋一軟，伸出舌頭喘著大氣。

超過承受極限的過量祈禱（Overcast）。

磨耗靈魂而與上天相連的少女，臉蛋失去了血色，全身冰冷得嚇人。

「……對、不……起，我……！」

「……不，多虧有妳。」

哥布林殺手舉起盾牌，上前一步這麼說。

「辛苦了……不用擔心，之後交給我們。」

女神官拚命點頭，抓著錫杖軟倒。妖精弓手靠過去扶住她。

「耍小聰明的丫頭……！別以為妳可以像那個森人一樣輕鬆苟活！」

「有本事你就試試看……！」

妖精弓手把女神官護在背後，將拉緊的短弓指向巨魔。

巨魔見狀，舉起戰鎚發出戰嚎（Warcry）。

「叫出『龍牙兵』，人手不夠。」

哥布林殺手一邊毫不鬆懈地舉盾護著身體，一邊吩咐。

他的鐵盔始終面向巨魔，並以從哥布林手上搶來的一把不長不短的劍指向對方。

「明白了，小鬼殺手兄！」

蜥蜴僧侶以奇妙的手勢合掌，接著撒出了小小的牙齒。

「『禽龍之祖角為爪，四足，二足，立地飛奔吧』！」

轉眼間牙齒沸騰，一名骷髏士兵站起。

「『伶盜龍的鉤翼呀，撕裂、飛天，完成狩獵吧』！」

接著是「龍牙刀（Sharp Claw）」的祈禱。

他封在合掌姿勢內的牙齒，轉眼間膨脹、研磨銳利，化為一把漂亮的彎刀。

蜥蜴僧侶將創造出來的牙刀拿給龍牙兵握住，自己也從刀鞘中抽出小刀。

「貧僧、龍牙兵和小鬼殺手兄站前排！麻煩大家支援了！」

「明白了！」

礦人道士以槌子敲打般的聲音回答，同時從口袋裡抓出一把沙塵，朝空中灑去。

「『上工囉上工囉，土精靈們。哪怕只是一粒細沙，滾久了也會變成石頭』！」

「區區礦人，想得美！」

巨魔舉起戰鎚，大大跨上一步。碎裂的大廳地板更加劇烈地震動。

巨魔似乎打算撞開前鋒，一舉擊潰後衛。他也的確具備了足以實踐的蠻力。

「礦人動作就是慢……！」

妖精弓手不讓他稱心如意，拉緊弓弦，一箭快似一箭地射出木芽製成的箭矢。

「嗚、咕喔喔喔!?」

巨魔被精準地射穿右眼，不由得停下腳步，伸手遮臉。

「不好意思啊，我們有我們的戰法！」

礦人做事牢靠，當然不會不知道活用這一瞬間的手段。

剎那間，飄散在空中的沙塵轉變為石礫，接連朝巨魔高大的身軀射去。

這是「石彈(Stone Blast)」法術。

「呶唔唔！別以為這扔石子的雕蟲小技打得倒吾！」

接連多次衝擊，讓巨魔高大的身軀一瞬間踉蹌。

但也只是如此。食人鬼立刻揮開石堆，逼向冒險者們。

迎擊他的只有哥布林殺手一個人。

他將盾牌舉在身前，迅速躍上前去，一劍砍向巨魔的腳。

這一劍動作小而快，一如往常地精準又毫無憐憫……

「唔……！」

卻在一聲金屬聲響中，輕而易舉地被彈開。即使是腳腱的位置，巨魔的皮膚依舊有如岩石般堅硬。

「耍小聰明！」

「嘎……!?」

戰鎚由下往上，朝著失去平衡的戰士揮了過去。

鎧甲嚴重凹陷，哥布林殺手的身體高高飛起，重重摔落地面。

「歐爾克博格!?」

「哥布林殺手先生!?」

妖精弓手大喊，女神官蒼白著臉發出尖叫。

「別以為吾和那些哥布林一樣好對付！」

巨魔吼叫著將插在右眼上的箭拔出、折斷、扔開。

他的右眼照理說已被射瞎，卻轉眼間就冒泡、癒合，開始燃燒出熊熊的仇恨之火。

巨魔可怕的不是只有蠻力，還包括治癒力。妖精弓手咬了咬牙。

「然而，你們阻撓吾的法術，射瞎吾的眼睛，此等屈辱，吾會全部討回來！」

戰鎚乘勝追擊，朝著哥布林殺手舉起。

「吾就先擊碎你的四肢，然後在你面前上了森人和凡人的小丫頭！」

「食人鬼啊，沒這麼容易！」

從向下揮擊的戰鎚下救了他一命的，是受蜥蜴僧侶指示的龍牙兵。

這名忠實的化石隨從，在千鈞一髮之際拉開了哥布林殺手。

「哥布林殺手先生……！哥布林殺手先生……！」

女神官拖著踉蹌的腳步，跑向被拖到牆邊避難的哥布林殺手。

「巫女小姐，他就交給妳了！」

「可惡，沼地的蜥蜴，別來礙事！」

蜥蜴僧侶將哥布林殺手託付給她，自己和龍牙兵一起攔住巨魔的去路。戰鎚朝下砸來，蜥蜴僧侶甩動尾巴巧妙地躲開。

「術師先生、獵兵小姐，支援我！」

「礦人，趕快施法！」

「我知道！」

妖精弓手應聲，迅速在被砸碎的大廳中奔馳，接連拉動短弓。箭矢凌空射去，插在巨魔青色的高大身軀上，然而……

「飛蟲似的小丫頭，煩！」

「嗚、呀、啊!?」

也就只是這樣。巨魔毫無體力衰減的跡象，將戰鎚往牆上一砸。妖精弓手的立足處被衝擊與震動一晃，失去著地點，整個人離了地。沒有翅膀的生物到了半空，就肯定無法動彈。巨魔不可能放過這個機會。他跨前一步，一鎚揮去。

「沒、什麼！」

但森人也不是易與之輩，她以雜耍般的動作，在空中扭身閃過這當頭砸來的戰鎚。

然而巨魔這一鎚的目的，並非只為了攻擊森人。

「唔……！」

「喔!?」

與先前那一鎚相反，因衝擊而崩塌的天花板，灑下了大堆瓦礫。

蜥蜴僧侶以爬行般的動作迅速退開，礦人道士急急忙忙打滾躲過。

但沒有肌肉的龍牙兵，動作並未快到能夠因應這種攻擊。

土石雨傾盆而下，動作停滯之際，鐵塊般的戰鎚迎面而來。

龍牙兵被擊得粉碎，變回了原形——骨骼碎片。

他已經充分盡到分散對方攻擊目標的職責，但……

「這可不成！」蜥蜴僧侶大喊。

「你們以為靠骨頭、樹枝和石子，就阻止得了吾嗎！」

巨魔用戰鎚揮開、折斷插在全身的箭，同時大聲吼叫。

妖精弓手不想重蹈覆轍，趕緊從因戰鎚衝擊而崩塌成的大堆土石上跳開。

「這樣下去會被幹掉的！」

她大聲嚷嚷之餘，將下一枝箭搭到弓上，往後跳開同時仍繼續發射。

儘管箭傷不痛不癢，卻也沒有別的方法——況且就連箭的數量也是有限的。

「我的法術也只剩這一發了！」

礦人道士接著再度灑出沙塵，將「石彈」射在巨魔身上。

但巨魔儘管全身挨了石彈而一晃，氣勢依舊不變。

「真孱弱啊，妖精們！」

「可惡，果然該去學個『火焰箭』嗎……！」

礦人道士揮著空空如也的手，猛力咂舌，皺起眉頭。

「還是應該用『酩酊』才對？」

「現在說這個已經遲啦。」

蜥蜴僧侶輕快地說完，轉了轉眼睛。

「……要開溜嗎？」

「別說這種話。」礦人道士愉悅地回應。「我會被祖先拔掉鬍子啊。」

「我有同感。龍是不會逃避的。」

蜥蜴僧侶一邊開玩笑，一邊不死心地舉著小刀。礦人道士在他身旁以投石索擲出石子。

「哈哈哈哈哈！怎麼？冒險者啊，你們就這點本事嗎……！」

也不知道是第幾次，巨魔的一鎚撼動了廣場。好幾隻哥布林的身體被砸得稀爛，一起飛散開來。

哥布林殺手被身旁橫飛的血肉濺到，呻吟一聲，微微一動。

「…………唔。」

「哥布林殺手先生！」

女神官眼眶含淚地呼喊，從腦袋底下輕輕捧起似的撐住他。

哥布林殺手靠著她的攙扶，才總算抬起了頭。

「……我，看不清楚……現況，如何。」

「大家都，還在應戰……！」

「是嗎……給我治療藥水——還有活力藥水。」

哥布林殺手一邊迅速檢查裝備狀態，一邊淡淡地吩咐，僵硬地坐起上身。

盾牌與皮甲胸口凹了一大塊，頭部有種不對勁的感覺而伸手一摸，發現鐵盔上也有凹陷。

全身像要散了似的，每次呼吸都會刺痛。但……

會痛也就表示活著。沒有問題。

儘管傷勢絕對不輕，但就是這身廉價的護具救了他的性命。

「……好的！」

「抱歉。」

女神官從行李中取出瓶子，拔開瓶塞，殷勤地遞過去。

哥布林殺手隨手接過，大口大口地喝了一罐，再喝第二罐。

他扔掉的空瓶，在燒焦的白堊地板上刮出新的損傷，應聲碎裂。

藥水和提神劑不像神蹟，藥效絕對不算強大。
儘管疼痛多少得到了緩和，全身上下仍重得像鉛塊一樣。
然而身體能動了。那就不成問題。
「……我要上了。」
哥布林殺手用碎裂的劍支撐，緩緩站起。
「我的，雜物袋在哪。」
「在這裡，可是……」
要說雙手無力，疲憊至極的女神官也不例外。
但她不說喪氣話，也不示弱，把他的雜物袋拉了過來。
「……好。」
哥布林殺手將自己的行李翻找一通，迅速抽出一份卷軸。
女神官臉色蒼白，哭得整張臉皺在一起，望著哥布林殺手。
「千萬不要逞強……」
「如果逞強就能贏，我會逞強。」
女神官這麼說，哥布林殺手則搖搖頭。
「但若事情這麼簡單……就用不著辛苦了。」
他揮開她的手，站起身，走上前去。

從他傷口一滴滴落下的血，將腳下的地板染成紅黑色。

但，只要不至於一腳踩滑，那就夠了。

「歐爾克博格！」

妖精弓手注意到他而呼喊。

「要動手了。我有對策。」

「知道了！儘管上！」

妖精弓手也不要求哥布林殺手說明，隨即點了點頭，彎弓搭箭。

「好，嚙切丸，我相信你啊！」

「畢竟我們也快撐不住啦。」

礦人道士與蜥蜴僧侶相視頷首，與妖精弓手的箭一起衝上前。

然而——……

「……！」

妖精弓手咬了咬嘴脣。

哥布林殺手踏上前去，舉著快要碎裂的盾牌，把姿勢壓得很低。

怎麼看都覺得他受的傷很嚴重。只要再挨上一擊，肌肉與骨頭勢必都會被砸個稀爛，就這麼死去。

——不對，不是這樣。

妖精弓手搖搖頭。在心中否定。

——他那麼做，只是在看準機會……

照他的作風，一定會有所作為。一定會**搞出不得了的事情來**。

——那麼，我就只管做好我的工作……！

礦人道士拿著投石索，撿起腳下石塊，朝巨魔投擲。

蜥蜴僧侶一溜煙從巨魔身前飛奔掠過，一刀砍在他腳掌上。

當然也不能忘了妖精弓手毫不間斷的箭雨。

「一群蝦兵蟹將！煩人至極！」

巨魔全身中箭，不耐煩地將戰鎚揮得有如風暴肆虐。

他揮出的每一鎚，都打得大廳震盪碎裂、屍體血肉橫飛。

即便如此，哥布林殺手仍然一寸一寸地，慢慢拉近間距。

巨魔不滿地看著這名搖搖欲墜的戰士，表情下流地一歪，笑了笑。

「對了，記得人族的小丫頭已經用盡神蹟，筋疲力竭了啊……」

他再度將巨大的手掌往前伸。

「『卡利奔克爾斯（火礫）……克雷斯肯特（成長）……』」

他哼出咒語，轉眼間就創造出一顆白熾的火球。

每個人都吞了吞口水。

「嗚、啊……！」

女神官勉力想站起，但膝蓋又是一軟，錫杖從她顫抖的手上鬆脫。

「無須擔憂。若運氣好活下來，吾會大發慈悲留她活口。」

火焰漸漸轉白，發出純青的光芒照亮冒險者們，開始將周遭的一切烤焦。

他們沒有手段能夠阻止。

「當飼料也好，孕母也罷——畢竟小鬼少了，總得繁殖回去才行吶。」

這時，哥布林殺手就像一枝箭，躍向熊熊燃燒的火球前方。

巨魔嗤之以鼻。這麼虛弱的戰士又能做什麼？明明早已命在旦夕。

「那吾就如你所願，把你燒個精光，連焦炭也不留……！」

具有真實力量的言語迸發而出，輕易地改寫了世界的定律，轉化為強大的熱能。

「『雅克塔（投射）』！」

火球燃燒著大氣，飛擲而出。

死亡直逼而來。

女神官，又或者是妖精弓手，發出了尖叫。

蜥蜴僧侶與礦人道士上前想護住她們。

接著……

「蠢貨。」

迎擊的男子淡淡地說了這麼一句。

巨響。

閃光。

隨後回歸寂靜。

「啊……喔……？」

這一瞬間，巨魔不明白發生了什麼事。

先是一陣輕微的飄浮感，接著他巨大的身軀重重撞在大廳的土石堆裡。

是因為火球威力提升得太強，才被反作用力震得腳步不穩？還是說，是那些傢伙動的手腳？

兩種猜測都錯了。

「……!?」

巨魔受到一陣衝擊，一口氣喘不過來。視野中可以看見自己的雙腳。

這雙腳——缺了腰部以上的部位。

哥布林殺手全身冒出煙霧，走了過來。

事到如今，巨魔才總算理解到自己被砍成了兩截。

「嘎，咳噗……！」

巨魔想說話，但開口瞬間，就有黑而稠的血塊往上衝。

吐出血塊的同時，巨魔的鼻子裡嗅出了一種參雜在鐵鏽氣味中的奇妙香氣。

是海潮。

海水灌滿了大廳。

摻入巨魔的血，以及哥布林殺手的血，染成淡淡的紅色。

——為什麼!?發生什麼事了!?他究竟……做了什麼!?

巨魔肚破腸流，劇痛令他說不出話，結果一個無機質的嗓音解答了他的疑惑。

「是『轉移（Gate）』的卷軸。」

哥布林殺手將已經解開繫繩、正被超自然火焰逐步焚燬的卷軸扔了過去。

卷軸浸到海水，仍被火焰慢慢吞噬，最後消失得無影無蹤。

「我把它接到海底。」

哥布林殺手的話，令妖精弓手——不，是令在場每個人都啞口無言。

冒險者一拿到卷軸就會立刻賣掉，但其中卻有一種是他們不想放手的。

那就是記載了失傳法術「轉移」的卷軸。

這種古代遺物在使用前，必須以擁有真實力量的言語加註去處，就能夠創造出一個通往遠方的傳送門。

這種工具對冒險者來說既可成為王牌，也可成為救命繩，但幾乎從來不會流到市面上。

想得到這種東西，就非得親自去闖蕩遺跡搜索一番不可……

若非白金等級的冒險者，除非幸運到了極點，否則是拿不到的。

哥布林殺手毫不吝惜，且不是用來逃脫，而是用來攻擊。

事先還對冒險者公會的魔女支付了高額的酬勞，請她把傳送門接往海底。

於是從傳送門噴出的高壓海水，瞬間就把火球連同巨魔的肉體給一刀兩斷。

「喔，咕，喔啊，嘎，啊啊啊啊……⁉」

巨魔茫然看著跪下軟倒的下半身，嘔出鮮血，在海水池子裡掙扎。

傷口沒有痊癒的跡象。巨魔的再生能力雖高，卻絕非不死之身。

——死。死……？死……⁉

「喔，啊啊啊啊啊⁉喔啊啊啊啊啊⁉」

似乎因為腦部缺血，巨魔湧起一股莫名其妙的恐懼，狼狽地哭喊。

他無法理解。

「好了，剛才說……你叫什麼來著。」

這個人踩著大剌剌的腳步，走向巨魔的上半身。

——不是哥布林啊。

這名步步逼近的男子說過的話，在腦中迴盪。

這也就表示，也就表示……

他竟然只為了殺哥布林，就準備了這種東西!?

「算了，不重要。」

連巨魔自己，也不曉得是想求饒，還是想咒罵。

他試圖吐出這輩子最後一句話，喉嚨卻被哥布林殺手的鞋底踐踏。

巨魔連聲音也發不出，只能氣喘吁吁地反覆張口閉口，茫然看著那無機質的鐵面罩。

「比起你這種傢伙。」

哥布林殺手舉起手上的劍。

在這最後一刻，巨魔從他那被鐵盔遮住的黑暗之中，看見了一雙閃出光芒的冰冷眼眸。

「**哥布林還難纏得多了。**」

巨魔的意識因劇痛、屈辱、恐懼與絕望而沉入黑暗中，很乾脆地消失了。

§

當他們回到遺跡入口，等待著他們的是森人們準備的馬車。

龍牙兵把俘虜送到他們的居住地，於是他們才趕緊派人來迎接。

仔細一看，伴隨馬車前來的森人戰士們，全都披戴著閃閃發光的裝備。

真沒想到只用木頭、皮革與石頭等天然材料，能夠做出這麼好的裝備。

「各位辛苦了！不知道裡面的情形，還有那些哥布林怎麼……」

但幾名冒險者默默上了馬車。

就連平常會想說話的礦人道士也始終閉著嘴。

他們都累了。

「……總之，我們要開始探索內部。到鎮上的路上，還請各位好好休息。」

森人戰士狐疑之際這麼說完，就走進遺跡內。

馭者見狀後對馬喊了一聲，馬車發出聲響開始前進。

不知不覺間夜晚過去，太陽再度升起。

從蒼白的天空與地平線另一頭投射過來的黎明之光，刺在眾人身上。

他們搭馬車穿越遼闊的原野，離城鎮的路程算來大概要一個晚上吧。

旅伴們依然在車篷裡抱著武器，縮起身體。

眾人各自採取舒服的姿勢，沒有人想動——不對。

妖精弓手悄悄湊到女神官耳邊，說：

「……問妳喔。」

「……怎麼了？」

女神官抬起一臉茫然的頭。

她靈魂飽受磨耗，精疲力盡……但仍堅強地微笑。

「他，一直在做那種事情嗎？」

妖精弓手也和她大同小異。全身染成紅黑色，只想馬上倒頭大睡。

在她所指的方向，哥布林殺手背靠木箱，低頭不動。

他仍身穿凹陷損壞的鎧甲，抱著快要折斷的劍……總算，在睡了。

蜥蜴僧侶的「治療（Refresh）」，讓他的傷勢消失得無影無蹤。

說到治療能力，白瓷的女神官和銀等級的他自然沒得比。

問題在於——蜥蜴僧侶搖著尾巴這麼說。

——問題在於累積的疲勞。

打倒巨魔後，他仍想巡遍整座遺跡，把生還的哥布林趕盡殺絕。

明明比在場的每個人都更疲憊。

而他絲毫不想表現出來……

「……是啊。」

女神官以為難的表情回答。

「一直都是這個樣子」

「……這樣啊。」

「……可是，別看他那樣，對周遭還算滿關心的喔。」

她用纖細的指尖，輕輕碰了碰這名一動也不動的男子身上的鎧甲。在那髒汙的皮甲上溫柔一撫。

「其實，他根本沒有必要教我這麼多事情。」

這樣啊。妖精弓手又說了一次，點了點頭。

她在生氣。

她不能接受。

這種事不能叫作冒險。怎麼說都不能。

「……嗯，我還是，討厭歐爾克博格。」

因為……

——對我而言，冒險是件開心的事。

這種做法，不算冒險。

沒有體驗前所未有的經歷或發現新事物的喜悅，也沒有興奮感與成就感。留下的，就只有空虛的疲勞。

有個傢伙根本不懂冒險的美好，沒完沒了地持續獵殺小鬼。

她絕對無法容許這種事。

她是冒險者。是個喜歡冒險而離開森林的冒險者。

妖精弓手以下定決心的表情點了點頭。

即使短時間內辦不到。

「總有一天……我一定要讓這傢伙『冒險』。」

不然，他也好我們也好，豈不是每個人，都得不到救贖嗎——……

間章「勇者」

好的，辛苦您了！我來報告剿滅哥布林的情形了～

咦？為什麼嚇一跳？哥布林這種東西，照理說就算只有我一個人，也總有辦法搞定吧。

……怎麼好像有個地位高到不行的人在？

都城的賢者？這麼小隻？

啊，抱歉抱歉，不要生氣嘛。我只是覺得好厲害而已。

報告……呃，嗯，那我從頭說起喔。

我剛滿十五歲，所以離開養育我長大的神殿，然後就決定要當冒險者……

我接了一份委託，是說村子附近有個很古老的洞窟，裡頭跑出了哥布林，要我去剿滅。

你們想想，剿滅哥布林不是很王道的委託嗎？

那不太像是洞窟，大概比較像是古老的遺跡吧。就跟我從故事裡聽到的感覺差不多。

Goblin Slayer
He does not let anyone roll the dice.

一走進裡面，就愈來愈——該怎麼說，對了，愈來愈像鎮上的神殿。

咦？哥布林？有啊。有是有。嗯，數量是很多啦。

他們接二連三跑來攻擊，所以我也隨便嘿呀嘿呀地砍一砍，解決掉他們。

他們的血會把很多東西都弄髒，而且又很臭，真的是苦了我了。

毒？解毒劑當然要買吧？頭盔？我戴了腦袋會很悶熱，再說我頭髮又長。

後來，呃，我說到哪裡了？對了對了，說到闖進去一看，發現裡面愈來愈像神殿。

畢竟最裡面有個臺座，上面還有個好像很跩的老大。

還說什麼「我乃來自冥府的十六將之一」……也不想想自己只是隻哥布林。那是哥布林沒錯吧？

可是，還真的是有這種很強的哥布林說。他會一直施展法術，嚇了我一跳。

於是我也詠唱剛學來的「火焰箭」法術。

呃，大概詠唱了五、六次？我沒仔細數啦。

我實在詠唱得累了，想說補上一劍要了他的命，結果劍就折斷了。

這時他便嚷著什麼：「看我吃了你的腸子！」衝了上來，這個，怎麼說呢——嗯。我的內衣……

總、總之！我沒了劍，慌了手腳，想也不想，就把手往臺座上一伸。

因為不知道為什麼，那裡倒插著一把劍。就像至高神的聖符那樣。

我想說就算是很舊的劍也好，伸手一抓，結果這把劍就飛到我手上。

而且劍還發出有夠強的光，我想說這樣應該搞得定，就拿著這把劍亂揮一通。

結果啊，老大被我一刀兩斷，發出有夠大聲的慘叫，然後就倒了下去。

還說什麼：「即使打倒了我，剩下的十五將也會盯上你。到這個世界毀滅為止，你將永無寧日。」

就算被哥布林盯上，也沒什麼好大驚小怪的嘛。

如果有哥布林來找麻煩，我當然是打算一個一個宰了囉。

……咦？古代的魔神要復活了？我打倒的是魔神將？這是光之聖劍？

哎呀少來了。竟然說我是傳說的勇者，怎麼可能嘛。

畢竟，我可是女生耶？

第10章 『瞌睡之中』

還很小的時候，被姊姊嚴厲責罵的那次，到現在都還記得。

因為他惹哭了她。

理由他很清楚。

因為她談起要離開村子跑去鎮上玩，還要在牧場過夜。

她開開心心地說著這些，讓他羨慕得不得了。

他從未去過村外。

遠方的山叫什麼名字，山的另一頭有些什麼，他都不知道。

雖然知道只要沿著道路，就能去到鎮上，但他不知道那是個什麼樣的鎮。

更小的時候，他一直想著等自己長大，就要成為冒險者。

要離開村子，殺個一頭龍，再回來。

要當上勇者——白金等級的冒險者。

當然了，等到過了不知道是第幾次的生日，他很快就明白這是痴人說夢。

不，真要做的話，並非辦不到。

Goblin Slayer

He does not let anyone roll the dice.

只要丟下姊姊離開。

只要丟下代替死去的父親與母親養育他長大的姊姊離開。

他心想，那樣一來，至少當得上冒險者。

然而，他的選擇是——不選這條路。

所以，他對她生氣了。

被姊姊牽著手回家途中，姊姊是這麼責罵他的：

「嫉妒別人，會變成哥布林喔。」

還說「男孩子要保護女孩子才行喔。」

姊姊很聰明。

並非知識淵博，而是頭腦好。他認為姊姊應該是全村頭腦最好的一個。

而姊姊之所以能在村莊裡賺錢，也就是靠著教孩子們讀寫。

即使是小孩，在農村裡也是寶貴的人手，但會不會讀文字，差別非常大。

他自己也是一遇到什麼事，姊姊就會教導他動腦筋的重要。

說只要一直想下去，一定會想到好主意。

相信姊姊一定很想去鎮上讀書。

但姊姊選擇留在村裡。就為了照顧他。

所以，他也留在村裡。為了姊姊。

他認為對他而言，這是很自然的想法。

回到家一看，姊姊已經為他煮好加了牛奶和雞肉的燉濃湯。

他最喜歡姊姊燉的湯了。

明明吃過那麼多碗，卻已經不記得滋味了。

想必是因為從那次之後，就不曾再嘗到了……

§

——他緩緩醒來。

從稻草床上起身。熟悉的天花板。

他慢慢伸展四肢，舒展還很僵硬的身體，隨手拿起衣服。

那是一件樸素的麻上衣。雖然因為多次洗晒而磨破，仍飄出了微微的肥皂氣味。

總是穿著這件上衣而很少晒到太陽的皮膚，上上下下都留有傷痕。

他穿上用麻織成的平凡衣服，再披上加了棉的鎧甲內襯。

然後正要穿戴鐵盔與鎧甲，才總算想起他已經把這些護具送去修理了。

連盾牌也毀了。那隻巨魔的一鎚，無論從哪方面來看，都是如此的致命(Critical)。

「……唔。」

無可奈何之下，他把劍佩掛在腰間，做為最低限度的裝備。

視野顯得格外寬廣、輕快而鮮明，讓他覺得非常不自在。

「早安！今天睡得真好呢。」

有個開朗的聲音突襲似的喊住了他。

轉頭一看，她（兒時玩伴）把胸部放到開著的窗戶上，身子往室內探進來。

風從打開的窗戶吹了進來。初夏早晨的空氣，暌違許久地撫過他的臉。

她身穿工作服，額頭上微微冒汗。射進來的陽光角度已經相當高了。

「抱歉。」

他淡淡地為了睡過頭而道歉。

她似乎已經開始照料家畜，他完全晚了。

「沒關係沒關係，你難得休假。」

但她語調輕鬆，揮了揮手，顯得完全不放在心上。

「你不就是睏得連每天要做的巡視都蹺掉了？睡得好嗎？」

「嗯。」

「可是今天陽光會很強，你穿這外衣不熱嗎？」

「……也對。」

他緩緩點頭。她說得沒錯。

仔細想想，穿著鼓起的棉襖，也只會妨礙工作。

他粗魯地脫掉才剛穿上的鎧甲內襯，丟到床上。

「真是的，這麼粗魯。你這樣會把衣服弄皺喔？」

「無所謂。」

「還真是老樣子……」

她說了句真拿你沒辦法，就像看著年紀比自己小的男生似的瞇起了眼。

「算了，沒關係啦。其實我肚子都餓扁了，叔叔也起床了……我們趕快去吃早飯吧。」

「知道了。」

他淡淡地回答她，走出房間，大剌剌地在走廊上前進。

已經先在餐廳就座的牧場主人看到他，瞪大了眼睛。

「早安。」

「嗯、嗯……」

他毫不在意地輕輕一鞠躬，在牧場主人對面坐下。牧場主人尷尬地動了動。

「今、今天……你起得，還真，晚啊。」

「是啊。」

他點了點頭。

「我睡過頭了。晚點，我會去巡視。」

牧場主人似乎微微沉吟了一聲。他張開嘴，又閉上，揉著眉心。

「是嗎……」

「……你多少，要休息一下。身體是資本，不是嗎？」

「……」

他靜靜點了點頭。

「是。」

除此之外，再也沒有像樣的對話。

他一直都知道牧場主人為人善良，也知道牧場主人將只是姪女的她當成親生女兒一般扶養。

然而，他也早就知道牧場主人討厭他，或者至少覺得不知該怎麼和他相處。人的喜惡各不相同。他認為自己沒有必要多說什麼。

「啊啊，抱歉抱歉，我來晚了！我馬上上菜喔，吃吧吃吧！」

過了一會兒，她跑進餐廳，把菜色逐一端上餐桌。

乳酪與麵包、加了牛奶的湯。全都是牧場生產的。

他一如往常地大口嚼食。

吃完飯後，他把空了的餐具疊起來，碰響椅子站起。

「我要走了。」

「啊，這樣啊。糟糕，送貨的時間已經到啦……！」

聽他這麼一說，她也趕緊收拾餐具。

牧場主人看著她沒規矩地咬著麵包站起，有些遲疑地插了嘴：

「……需不需要馬車？」

「叔叔太擔心了啦。我說過多少次了，別看我這樣，力氣可是多到有剩……」

「我來搬。」

他簡短地說了。她與牧場主人的視線隨即刺了過來。是自己的意圖沒讓他們聽懂嗎？

「讓我，來搬。」

他又說了一次。她困惑地視線亂飄，搖了搖頭。

「咦，不用啦，這樣……多不好意思。你難得休假……」

「身體會變鈍。我也有事，要去公會。」

他淡淡地繼續說明。

他有意識到自己的沉默寡言。至於是否從以前就這樣，便不得而知。

但他曉得是她一直在多方照顧著這樣的自己。

也正因為如此，他認為該好好說清楚的事，就必須明白地說出來。

「不成問題。」

淡淡地回答完後，他離開了餐廳。

聽腳步聲，就知道她急忙小跑步追了上來。

來到外頭一看，臺車已經停在玄關前。

要送去冒險者公會的食品，似乎在前一天晚上就已經打包完畢。

他用力拉了拉繩子，確定貨物都綁緊後，便拉著橫桿開始往前走。

車輪轉動得喀噠作響，在沙石路上輕輕一彈，沉甸甸的重量壓到雙手上。

「……你還好嗎？」

走到要穿過牧場柵欄時，她才總算喘著氣用跑的追上來，接著就湊近去盯著他的臉。

「嗯。」

他默然地點點頭，用力拉著臺車。

有著成排行道樹的路通往鎮上。他牢牢踏在泥土上，一步一步，慢慢向前走。

她說得沒錯，今天天氣多半會很熱。隨著正午將近，日照非常強烈。

轉眼間，他的額頭已經開始冒汗。這時他才想到，自己忘了帶手帕。

正想說只要汗水不流進眼睛，倒也不用在意，忽然就有個柔軟的物體輕輕撫過頭部。

「真是的，你這樣根本就沒有休息到吧？」

她開玩笑地鼓起臉頰，用自己的手帕幫他擦汗。

「你一回來就倒到床上去，昏睡了好幾天，知不知道我有多擔心？」

他露出略加思索的模樣，然後搖了搖頭。這應該沒什麼大不了。

「那已經是三天前的事了吧。」

「是『不過才』三天。」她這麼說。

「所以我才說你不可以太操勞、太逞強。」

她一邊伸手擦著他的額頭一邊說。

「畢竟你累倒是事實，得好好休息才行！」

他拖著臺車，嘆了一口氣。

「……妳的個性。」

「怎樣？」

「很像叔叔啊。」

她嘟起了嘴，露出不知該高興還是該生氣的表情。

「……只是過勞，不用擔心。」

但她似乎還是無法接受，於是他嫌麻煩似的補上一句。

不，他並不是真的嫌麻煩。

只是要重新體認自己連健康管理都做不好的現實，未免太沒出息。

——不過，我應該好好地重新審視。

為了不再犯下同樣的失誤。

「……你說的這些，是那個女神官小姐的診斷？」

她的嗓音有些尖銳起來。他目光往旁一瞥，只見她鬧起彆扭似的，微微鼓起了臉頰。

「不是。」

他再度瞪向前方，用力拖動橫桿，說道：

「是另一個冒險者。」

「是喔？」她以漸趨柔和的聲調，小聲應了一句。

「……跟你一起冒險的人，變多了說。」

「也才只有這次。」

「你這話聽起來，像是還打算再去呢。」

「……」

他不回答。因為不知道該說什麼話才好。

要說沒有這樣的打算，就是在騙人。上次那趟，沒有那麼差。

只不過，如果要問到他有沒有意思主動邀約……

這時，一陣風輕輕吹過。

枝葉搖擺的婆娑聲，加上從葉子縫隙間灑下的陽光，是那麼耀眼，讓他瞇起了眼睛。

對話中斷了。

風吹過的聲響。兩人的腳步聲。呼吸。臺車行進的喀噠聲。

一陣鳥鳴傳來。還聽得見孩童嬉戲聲。離鎮上的喧囂還很遠。

「很放鬆。」

他忽然喃喃地說出這麼一句話。

「咦……？」

「比獵殺哥布林，心情要輕鬆些。」

「拿這個當比較對象，好像不太對吧……」

「……是嗎。」

看來自己不擅長好好表達。

多半還是不要亂說話比較好吧。

他一邊以眼角餘光看著她傷腦筋的表情，一邊默默拖著臺車前進。

「……呵呵。」

她忍俊不禁似的笑了笑。

「怎麼？」

「沒～什麼啊？」

「是嗎。」

「是啊是啊。」

她哼著聽不太出是什麼旋律的歌曲走著。

雖然搞不太懂是怎麼回事——……但既然她心情好，應該就是好事。

他們把臺車停在後門，進了大廳一看，發現公會內空蕩蕩的。

畢竟快要中午了，相信大部分的冒險者都已經出發了。

說不定也和最近都城那邊很亂有關？他不知道。

扣掉狀似委託人的人以外，就只有幾個熟面孔冒險者留在這裡。

等候用的椅子上只零星坐了幾個人，排在櫃檯前的隊伍也很短。

「啊，太棒了，這樣應該很快就可以把交貨手續辦好。」

她開心地拍起手。

「我先去把手續辦一辦……你有事要辦，對吧？」

「嗯。」

「那，結束之後我們先會合，然後一起回去……就這麼說定！」

「知道了。」

他目送笑著跑走的她離開，轉過身來，放眼望向大廳。

還看不到他要找的人物。似乎來得太早了些啊。

於是他大剌剌地走向牆邊那個平常固定坐的位子……

「……啊？」

結果和先待在那的人碰了個正著。

這個以狐疑表情看著他的，是那名使長槍的冒險者。

長槍手把長槍和手腳都隨意一擺，慵懶地坐在那兒，不客氣地盯著他打量。

「你這傢伙體格很好，卻都沒晒黑啊……我沒見過你，新來的嗎？」

「不是。」

他搖頭回答。他們應該不至於沒見過，而且他也不是新來的。

但看來對長槍手而言，就是無法把現在的他與平常穿鎧甲的模樣劃上等號。

長槍手的口氣，與對陌生同行說話的口氣完全一樣。

「我想也是啦。如果是想以冒險者身分大撈一票的傢伙，現在應該都跑去都城那邊了啊。」

這麼說來，是來休假的囉？長槍手點點頭，心想大概就是這麼回事，於是笑了笑。

「都城那邊可亂了，會有人想逃出來，我也不是不懂。」

長槍手以輕巧的身手重新坐好，把長槍拉過來抱住。

「聽說那邊鬧魔神鬧得可大了。什麼這一戰是為了世界而戰，要揚名立萬也不是夢想云云。」

「你不去嗎。」

「我？別開玩笑了。我是為了我自己而戰，什麼錢啊和平啊，這些東西我沒興趣。」

再說——長槍手若有深意地看向櫃檯。

他也跟著看去，只見熟識的櫃檯小姐正像隻陀螺鼠似的跑來跑去。

即使冒險者變少，公會的忙碌程度似乎也不會因此下降。

「不過終歸只是很個人的理由。到頭來，根本不需要什麼好聽的口號。」

「是這樣嗎。」

「就是這樣。」

說著長槍手輕巧地下了椅子。

他也注意到魔女正以肉感的動作，扭腰擺臀走了過來。

「再見啦。我要去遺跡冒險（約會）了，祈禱我武運昌隆吧。」

「我會的。」

他靜靜地點頭，長槍手就笑著說「真是個不苟言笑的傢伙」。還說「但我不討厭就是了」。

他們兩人相偕離去之際，魔女轉過來面向他，意深旨遠地閉起一隻眼睛微笑。

「你慢坐，囉。」

「嗯。」

於是他在空出來的椅子上坐下。

茫然仰望著冒險者公會那很高的天花板。

事到如今，他才知道長槍手和魔女是同個團隊的。

雖然他本來自認和這兩個人都算常打照面。

「請問一下，哥布林殺手先生！這裡有沒有一位哥布林殺手先生!?」

這次是個有點畏縮的呼喊聲。他戴頭盔時養成了習慣，只把視線轉過去。

一看之下，來人披著沾滿醒目油汙的皮圍裙——是工坊的少年學徒。

「是我。」

「啊，太好了。我就算看到臉也認不出來說。師傅找你過去，說已經完工了。」

「知道了，我馬上去。」

冒險者公會，和許多商店都有合作。

是公所，是旅店，是酒館，是雜貨店，也是武具店。

當然倒也不是說除了公會以外，就沒有商店存在。

但就國家的立場而言，多半不想讓這些遊民四處遊蕩。

如果可以，自然會希望把這些人集中在一個地方，這種想法也並非無法理解。

他所去的地方，也就是這種設置在公會內的工坊之一。

公會深處的一個房間裡，熊熊燃燒的火爐前，有一名老人一心一意地揮著鎚子。

從只是把鐵漿灌進模子裡的劣質劍，到經過紮實鍛打的劍。

當然這些都是以量取勝的量產品，和天下無敵的名劍自然沒得比。

但能分毫不差地鍛造出很多把性能相同的劍，相信也可說是一種天賦。

「……你來啦？」

這名臉皺蓄鬚，乍看之下幾乎會讓人誤以為是礦人的老翁，瞪了他一眼。

或許是因為一直看著爐火，他一隻眼睛閉上，另一隻眼睛瞪得格外大的模樣，顯得相當凶惡。

「你要求很多，卻只買便宜的東西，實在是很會給我找費工的事情做。」

「抱歉。」

「覺得抱歉，就小心點用。」

「我自認用得很小心。」

「……實在是，連諷刺都聽不懂。」

好啦，過來。老翁招了招手，他走上前去，結果就把皮甲和鐵盔重重往他雙手塞了過去。

「我想是沒問題，但你還是穿穿看。我幫你調整。不多收你工錢。」

「幫了大忙。」

先前如此髒汙、凹陷、變形的盔甲，已經修復得還算能看。

雖然未能恢復原狀，仍比修復前好得多了。

至少值得把性命託付在這副盔甲上。

「……對了，卷軸採買到了嗎？」

「錢我是收了，所以我會幫你問，但那玩意本來就很缺貨，而且很貴。」

老人沒趣地哼了一聲，轉身重新面向火爐。

他拿起自己鍛造的一把粗獷而粗劣的鐵劍，檢查狀況，啐了一聲，又拿去加熱。

「要是有哪個冒險者找到了以後拿來賣，我會幫你留著，不過也只能這樣。」

「我明白，這樣就好。」

他把裝滿金幣的袋子交給學徒後，就為了避免礙事而走向工坊角落。

老師傅很貼心，還送了新的棉質內襯。令人感謝。

護手、護脛、鎧甲、胸甲，以及頭盔。

他以熟練的動作，機械式地整理好裝備，就聽到學徒不可思議地問起：

「師傅，請問一下……他，是銀等級的冒險者，沒錯吧？」

「是啊，似乎是。」

「他為什麼穿那樣的鎧甲？如果不想發出聲響，可以穿真銀(Mithril)的鍊甲……」

「你不懂嗎？」

「是。我有說錯嗎？比起那種卷軸，一把魔劍還有用得多……」

「對哥布林揮起傳說魔劍揮得開開心心的傢伙，就只是個大蠢蛋(Munchkin)（註5）罷了。」

老翁使出渾身力氣敲打鐵劍，發出清脆的聲響。

「他很清楚自己在做什麼。」

§

——今天是個很容易遇到人的日子。

他從工坊回到大廳後，看到朝他小跑步靠近的人影，心懷感慨地這麼想。

隨著一陣輕快的腳步聲，來人嬌小的胸部晃動，臉上滿是笑容。

「哥布林殺手先生！」

這名大動作揮手，腳步彷彿隨時都會彈跳起來的少女，是那位女神官。

註5　TRPG用語，指喜歡鑽規則漏洞來博取強大資源、在遊戲中欺負弱小敵人取樂的玩家。

「怎麼了。」

「這個，請看，這個……！」

女神官似乎連答話都心焦，手伸進神官服的懷裡，拉出了識別牌。

掛在那兒的一塊小牌子不是白瓷，換成了亮麗的黑曜石。

——啊啊，是這麼回事啊。

他對開心得笑臉盈盈的女神官點了點頭。

「……妳從第十階，升上第九階了嗎。」

「是！我順利升等了！」

冒險者的等級基準是貢獻度……也有人稱之為經驗值，但說穿了就是獲得的酬勞。

冒險者獲得一定額度的酬勞後，接受經過人格加權的審查，若沒問題，就能順利升等。

以她的情形來說，相信人格是完全不成問題的。換言之，就是她的實力受到肯定了？

「我本來有點不安，但跟巨魔打過，似乎有很大的影響……」

女神官用手指搔了搔害羞得發紅的臉頰這麼說。

「是嗎。」

——她說的巨魔是什麼來著。

接著他想起前陣子地下遺跡的那個敵人就叫巨魔，點了點頭。

這麼說來，相信那次探索有著足夠的意義。

他想了一會兒，冷淡地加了句：

「……太好了。」

「這也全都多虧有哥布林殺手先生！」

女神官率真的視線，清澈的眼神，深深刺在他身上。

他一口氣卡在喉頭，不知該怎麼回答才好。

「……不。」

過了一會兒，他好不容易發出的聲音，像是硬擠出來似的沙啞。

「我什麼都沒做。」

「不對，沒有這回事。」

女神官笑咪咪地回答。

「我們一開始認識時，你不就救了我一命嗎？」

「……但，妳的同伴全軍覆沒了。」

「那是，這個……」

女神官表情微微一僵，顯得支支吾吾。

他心想，這也難怪。

畢竟即使在他的記憶之中，留下的也只有一幅血淋淋的殘酷光景。

無論劍士、女魔法師、女武鬥家，擁有的一切都被奪走、踐踏。

女神官吞了吞口水……但仍下定決心，說道：

「但我還是蒙你救了性命。我認為至少應該要好好向你道謝。」

說著女神官微微一笑。她的笑容就像綻開的花朵一樣燦爛。

「謝謝您救了我一命……！」

她深深一鞠躬。而他還是什麼話都說不出來。

女神官說接下來她要去神殿，向神官長報告升等的消息。

他目送雙手牢牢握住錫杖，小跑步跑開的女神官離開，自己也站了起來。

「……」

朝櫃檯一看，她似乎還忙著處理各種手續。

「我先去卸個貨。」

他這麼一說，她就大動作揮手回應。

他離開大廳，繞到公會入口。

將堆在臺車上的蔬菜與食材一一搬下來，運到廚房門口附近。

在溫暖的氣候與陽光中大肆活動，轉眼就讓他頭盔下的額頭開始冒汗。

但保護頭部很重要。萬萬不可大意。就在他這麼說服自己時……

「欸，可以打擾一下嗎？」

忽然聽到背後傳來這道清新的嗓音，讓他放下貨物，慢慢轉身。

「歐爾克博格……你在做什麼？」

是妖精弓手。她的長耳朵豎得筆直。

「什麼？是嚙切丸？喔，你已經可以活動啦？」

「聽說小鬼殺手兄昏睡了三天左右……看來身體已無大礙了啊。」

「咦？聽腳步聲也知道吧？」

妖精弓手這麼回答並肩站在她背後的礦人道士與蜥蜴僧侶。

看來在剿滅哥布林後，這三名異人還留在這個鎮上。

冒險者本來就是有如無根野草一般的遊民，變更據點也是家常便飯。

「這裡真是個好市鎮。待起來很舒服……那麼，我再問你一次，你在做什麼？」

妖精弓手湊過來看得津津有味。

他拍了拍放在臺車上的木箱，淡淡地回答：

「我在卸貨。」

「哼～……我說，你該不會是缺錢，所以在兼差——之類的？」

「不是。」

他嫌麻煩地說了。

「有事嗎。」

「啊啊，對了對了。這個人啊，有點事情要找你。」

妖精弓手若有隱情地故意含糊其詞，用拇指朝蜥蜴僧侶一指。

蜥蜴僧侶用舌頭撫摸鼻間，頻頻動著雙手。

「小鬼殺手兄。這個……該怎麼說呢……」

「什麼。」

「貧僧，呃——想跟你買那個。」

「我就是問你要什麼。」

他淡淡地一問，礦人道士就賊笑著說：

「長鱗片的傢伙啊，是想要乳酪啦。」

「老老實實說出來不就好了嗎？」

妖精弓手也像貓似的瞇起眼睛接話。

蜥蜴僧侶咻一聲從嘴巴噴氣，但兩人似乎毫不介意。

多半是因為在平常負責整合意見的嚴肅角色身上，找出了意外的一面吧。

所以沒有理由放過這個欺負他的機會？他和這三人來往沒多久，有太多事情他還不清楚。

「這個行嗎。」

他開了一個箱子，拿出一塊乳酪，扔了過去。

蜥蜴僧侶一雙大眼睛瞪大轉動，同時用雙手接住。尾巴不斷拍打地面。

「喔喔！」

「錢就付給公會。」

「唔、唔，知道了，小鬼殺手兄！喔喔，甘露！這種貨色，足可值上一袋金幣！」

蜥蜴僧侶已經高興得沖昏了頭，張開下顎，一口咬上整塊乳酪。

妖精弓手笑著說：真拿他沒辦法。

「他這人很正經，但要是不偶爾放鬆一下，會喘不過氣來的。」

「是嗎。」

他並不覺得不悅，靜靜地點了點頭，開始搬運下一箱貨物。

抓住木箱，扛起來，放下。反覆這樣的過程。他並不討厭單純、重複的工作。

但重複了幾次後，忽然抬頭一看，卻看見妖精弓手還站在那。

她閒著沒事做，扭扭捏捏地換了個位子，盯著他看。

「……怎麼，妳還在啊。」

「我、我不能在嗎？」

「沒有。」

他緩緩搖頭。

「可是，今天會變熱喔。」

「……我、我說啊！」

她說起話有些破音，長耳朵頻頻上下擺動。

他嘆了一口氣，問道：

「……這次又怎麼了。」

「呃，我們，現在，在調查，遺跡。」

「遺跡。」

「你想想，就像上次那樣嘛，我們又不知道魔神在打什麼主意。」

「是嗎。」

「可是，我們團隊，幾乎沒有前鋒不是嗎？」

畢竟我是獵兵，他是僧侶，礦人又是施法者。

她用指尖把鬢髮繞成一圈一圈地撥弄，撇開視線說道。

說得極有道理。

「的確。」

「所以，那個……」

妖精弓手欲言又止，低下頭去。他等待著她把話說完。

© Noboru Kannatuki

「也許，我們，會找你參加。」

「……」

原來是這種事啊。他默默抓起木箱，扛了起來。

妖精弓手的長耳朵無力地垂下。他放下木箱。

「……我會考慮。」

「——！」

不用看也知道她的一雙長耳朵正筆直豎起。

「是啊，也對，你考慮一下吧！」

妖精弓手輕輕一揮手，踩著輕快的腳步走向公會入口。

礦人道士拉著只顧吃乳酪的蜥蜴僧侶衣袖從後追上，捻著鬍鬚說：

「……長耳丫頭也真難搞。老老實實邀請不就好了？是不是啊，嚙切丸。」

「閉嘴啦，礦人。小心我射你一箭喔？」

「喔喔，好怕好怕……」

看來似乎被妖精弓手聽見了。他默默目送這兩個愈吵感情愈好的人離開。

不知不覺，卸貨的工作也大致結束了。

他輕吐一口氣，搖了搖頭盔。

陽光的角度變得很高，夏天已經近了。

就在這時。

「嘿！」

「喝！」

忽然間，他聽見了吆喝聲，以及金屬與金屬劇烈碰撞的清脆聲響。

——刀劍交擊聲。

不，多半只是他先前沒意識到，這些聲響肯定早就響個不停。

因為當他轉頭尋找，發現聲音來源就在公會後門——就在眼前的廣場上。

「看招，看招，怎麼啦！你們這樣可是連哥布林都殺不了啊！」

「嗚！可惡，這傢伙這麼大隻，我們要找空檔攻擊！從右邊迂迴。」

「好我來啦！」

仔細一看，身穿鎧甲的重戰士正舉重若輕地揮動大劍，和兩名少年對練。

是重戰士團隊裡的斥候……以及前陣子前往下水道的新手戰士嗎？

兩人終究是白瓷等級，動作還很莽撞，但從會試圖合作這點來看，資質似乎不差。

「這對策不錯……但是講出來就沒戲唱啦。」

「唔哇!?」

「哇～!?」

只是由於經驗與實力差距太大，兩人還是被重戰士耍著玩。

多半是他站著不動看人練武的模樣意外地醒目吧。

「……怎麼，這不是哥布林殺手嗎？」

有人以狐疑——不，是面對可疑人物說話的低沉聲調，朝他開口。

是身穿騎士盔甲的女子。記得她應該是和重戰士同一隊的人物。

「這兩三天都沒看見你。聽說你被巨魔打扁了，原來還活著啊？」

「對。」

「……你，一直都穿這樣嗎？」

「對。」

「……是嗎。」

女騎士忍著頭痛似的按住眉心，一副覺得他無藥可救的模樣搖了搖頭。

他雖然覺得也沒這麼奇怪，但特意不問下去。

「不過，我印象中那個戰士不是你們隊上的人。」

「嗯？啊啊，想說可以和我們隊裡的小毛頭對練。」

說是看見他在角落拿劍空揮練習，所以就找他攀談，拉了進來。

像這種從鄉下立志來到城市的少年冒險者，劍術多半都是自修。

只要像這樣好好鍛鍊他們一次，就連這個新手戰士，也多少能增加些活命的機會。

「好了，還得去教兩個小丫頭該怎麼行動呢……」

斥候與戰士，兩名新人少年果敢地對抗重戰士。至於另一頭……

聖女與督伊德少女則在一旁看得心驚膽跳，彷彿恨不得一口咬上柵欄。

「再說，那個體力呆子應該也愈來愈喘了，我就去參一腳吧。」

女騎士露出剽悍的笑容，執起自豪的大盾與劍，躍過了柵欄。

「來，我們一決高下！既然你平常動不動就發下豪語說自己可以以一當千，相信不會嫌我卑鄙！」

「啥!?妳這傢伙，虧妳還立志當聖騎士！」

「廢話少說！」

重戰士雖然嚷著這樣根本不是在訓練新人，但仍正面迎擊，看來人實在很好。

大劍虎虎生風，大盾擋了下來，精妙的滑步溜過尖銳的反刺，趁隙而入。

從兩名少年趁機喘了口氣，兩名少女跑向他們的情形來看……

「騎士小姐也一樣愛管閒事呢。」

嘻嘻兩聲銀鈴般的笑聲。不知不覺間，櫃檯小姐的身影已經出現在他身旁。

「啊，哥布林殺手先生，如果不介意，要不要來一杯？畢竟天氣很熱……」

「不好意思。」

櫃檯小姐是從廚房走出來的，這時朝他遞出了手上拿的杯子。

他不客氣地接過，從頭盔的縫隙中大口喝完杯子裡的液體。

冰冷，甘甜。

「我放了一點檸檬和蜂蜜。」

聽說對消除疲勞很有效的。聽她這麼一說，他就點點頭，心想原來如此。

應該考慮做為攜帶食品的可能性。他牢牢記在腦子裡。

「最近啊，似乎有在考慮成立訓練所，專門像那樣培育新人。」

「哦——」

他擦去了嘴角的水珠。

「雇用退休的冒險者來運作……畢竟新人當中，往往有很多人什麼都不知道。」

只要能多習得一些知識，不就更有可能活著回來？

她說著望向遠方，笑了一笑。

雖說只是透過文件，但相信櫃檯小姐這些年來，見證了許多冒險者的死。

她會這樣想的心情，也不是不能了解。

「而且啊——」櫃檯小姐又說。

「就算退休了，也要努力活到死為止。我想不管對誰來說，這都是有必要的。」

「是嗎。」

他把空了的杯子還給櫃檯小姐。

「是啊，就是這樣。」

櫃檯小姐一如往常，活力充沛地點了點頭，辮子大大甩動。

「所以，哥布林殺手先生也得小心顧好身體才行喔？」

「……感覺最近，老是聽到有人這麼對我說。」

「先聲明，在您把身體確實休養好為止，我大概有一個月不會幫忙仲介委託。」

「唔……」

他小聲沉吟。

「下次再昏倒，就禁止您冒險半年。」

「……那樣，我會很困擾。」

「對吧？所以，請你好好記取教訓。」

櫃檯小姐嘻嘻一笑，然後告訴他點收貨物的手續已經辦妥。

新進冒險者們攻向前輩。他背對這些聲響，走向公會入口。

臺車旁邊，兒時玩伴的她正無所事事地站在那兒。

她一注意到哥布林殺手，立刻表情一亮。

他靜靜地說了聲：

「我們回去吧。」

「嗯，回去吧。」

回程的臺車，感覺輕得多了。

等他回到牧場後，就拿起晒乾的石頭，開始搭建石牆。

雖然已經有了籬笆，但對付哥布林，防範再怎樣都不嫌多。

牧場主人也說：「算了，大概可以阻擋野獸吧」，也就心不甘情不願地同意了。

他默默工作，等到太陽通過正上方，她便提著籃子走來。

他和她兩個人一起坐在草地上，吃著有三明治與冰涼葡萄酒的午餐。

總覺得時間過得格外悠閒。

等石牆大致搭建完畢，將明天要送去的食材堆放到臺車上後，太陽也下山了。

他和說要去準備晚餐的她分開，漫無目的地在牧草地上四處走動。

初夏的風輕輕吹響牧草。

頭上有著滿天的星星與兩輪月亮。

對他而言，星星就只是用來找出方位的工具。

換做小時候，他倒是曾經聽著英雄的傳說而滿心雀躍，想把星座的故事背起來。

然而現在……

「……怎麼啦？」

「嗯？」

背後傳來踏在草地上的輕微聲響。他並未回頭。

「我是來跟你說，吃飯了。還有就是，不知道你在想些什麼？」

她以自然的動作，在仰望星空的他身旁坐下。

他思考一下，也在她身邊坐下。鍊甲發出輕微的聲響。

「……想未來。」

「未來。」

「沒錯。」

「這樣啊……」

對話中斷，兩人默默看著星空。

然而……這種沉默並不令人討厭。這是他們兩人想要的沉默，想要的寂靜。

要說有什麼聲響，也就只有風吹過的聲音、遠方鎮上的喧囂、蟲鳴，以及他們兩人的呼吸。

他們自認知道彼此想說什麼話。

他是凡人。

會衰老。會受傷。累了就會倒下。總有一天會撐不下去。

即使不死，再也殺不了哥布林的一天，必定會來臨。

到時候，他該怎麼做才好？

他不明白。

——比我想像得還要沮喪呢。她看著他的側臉這麼想。

「……對不起喔？」

忽然間，她自然而然、脫口而出地說了這句話。

「什麼事。」

他睜大眼睛，納悶地歪了歪頭。

由於帶著鐵盔，動作硬是顯得很大，很孩子氣。

「不，什麼事都沒有。沒～事。」

「妳真奇怪。」

她嘻嘻竊笑，於是他沒好氣地這麼說。

——是不是在鬧彆扭呢？

她覺得他的這些小地方，也是從小到大都沒變，於是用力一拉他的手。

「唔……」

他的視野一轉，後腦勺被輕輕接住。

放眼望去，有著滿天的星斗，和兩輪明月。接著，他與她目光交會。

「……會被油弄髒喔。」

「沒關係。反正都要洗，而且也要洗澡。」

「是嗎。」

「是啊。」

她把他的頭放到自己的膝上。一邊摸著頭盔，一邊把嘴脣湊過去輕聲細語地說：

「我們慢慢來，慢慢想嘛。」

「慢慢來，是嗎。」

「對，不用那麼急。」

不可思議地，覺得自在。

感覺就像緊繃的弓弦慢慢鬆開。

即使閉著眼睛，他也能得知她臉上的表情。相信她也清楚他的表情。

這天的晚餐，是燉濃湯。

§

就這樣，悠閒的生活持續了一個月左右。

當然在這段期間內，冒險者與魔神的戰鬥仍持續進行，而且愈演愈烈……

但戰鬥的尾聲卻突兀地降臨。

據說後來有一名新進冒險者受到聖劍的引導，在冒險的最後，終於討伐了魔神王。

這位冒險者——是名年紀輕輕的少女——受封為史上第十名白金等級冒險者。

都城裡召開了盛大的慶祝典禮，連這個邊境的小鎮上，似乎也舉辦了一個小小的慶典。

但話說回來，這些事情都和他沒有關係。

在他的生活中，留意的就只有天氣、家畜、農作物與身邊的人。

時間緩緩流逝。

這是一段打著瞌睡般的日子。

但凡事都不例外，結束總是來得唐突。

一種黑黝黝的駭人跡象，從被朝露沾溼的牧草地上浮現出來。

那是許多沾上泥土與糞便的，小小的——腳印。

第11章 『冒險者的饗宴』

Goblin Slayer
He does not let anyone roll the dice.

「要我去逃命？」

她——牧牛妹站在廚房準備早餐，突然聽到這句話，不由得睜大眼睛。

「……這是為什麼？」

「出現，腳印了。」

牧牛妹隱約知道這意味著什麼。

換做是毫不知情的人，多半會覺得是小孩，又或者是妖精（Fairy）的惡作劇。

沾上泥土與糞便的小小赤腳踏出的腳印。一種踐踏牧草卻完全不當一回事的傲慢。

但是她一直都知道。他也一直理解那是什麼。

該來的時候來了。沒錯，他和她都這麼想。雖然他們都希望這一刻不要來。

「……小鬼（哥布林）。」

他，哥布林殺手，談起哥布林的事，是家常便飯。

他身穿盔甲站在餐桌旁。模樣雖然反常，卻和平時一樣。

然而，他丟下每天都不忘的巡視工作，對她說出：「快逃」這種話，卻是第一次。

她停下烹飪的工作，目光落到手上。該說什麼話呢？她在摸索遣詞用字。

「……可是，憑你的本事，應該打得贏吧？」

她要的是一如往常的那句話。

相信他一定會淡淡地說：「沒錯」、「對」或是「我是這麼打算」。

他應該會說，但……

「……我，辦不到。」

他說這句話的聲音非常小，嗓音顫抖，像是硬擠出來的。

咦……牧牛妹的嘴脣不由自主地發出這麼一聲。

她震驚地回頭一看，他一瞬間全身一震，顯得有些動搖。

「哪怕有一百隻，如果是在洞窟裡，我就打得贏。不管怎麼打，我都會贏。」

他在害怕？

他會害怕？

牧牛妹震驚地睜大眼睛。

牧場四周早已根據他獨特的計算，架設了堅固的柵欄與石牆。

也有兩三個以驅趕野獸為名目而裝設的陷阱。

離完美還很遙遠。

但這些年來他已經竭盡所能地思考，極力加強防守，這點牧牛妹也是知道的。

他被她盯著看，一瞬間遲疑似的低下頭，但隨即正面承受她的視線。

不，他一直努力在承受。

「敵人，是王（Lord）。」

哥布林殺手這麼斷定。

腳印約有十種。

這個群體決定襲擊防守堅固的設施，因此派出十隻前往勘查。顯然是有頭目在指揮。

是鄉巴佬（大哥布林），還是薩滿？不，從這規模來推敲，多半是……小鬼王（Goblin Lord）。

若是毫不知情的人聽了，多半會一笑置之。

但他一直都知道。他一直都明白地理解到，這是什麼對手。

這群哥布林的數目多半超過一百隻。

既然已經派了先遣隊來勘查，那麼襲擊不是今天就是明天。沒有時間去找諸侯或國家求救。

不，即使有時間，王公貴族也不可能為了哥布林這種小事費心費力。

這點哥布林殺手一直都知道。

牧牛妹也一直都知道。

因為十年前，也是這樣。

「……哥布林的，群體。」

要在原野上，迎擊超過一百隻心狠手辣又邪惡的怪物？

「我不是白金等級……不是，勇者。」

人手不夠。

他沒有力量。

也就是說——

「……我，辦不到。」

所以他才會那麼說。

才會要她逃命。

現在，還來得及。

牧牛妹輕輕走到他的正前方，隔著鐵盔，正視他。

等到看出他不會再說話，就微微點了點頭。

「……好。」

「妳決定了嗎。」

「嗯。」

她吸氣、呼氣。胸中需要的，是為了說出短短三句話所需的，勇氣。

「……對不起喔。」

一旦說了一句，之後就輕鬆了。

「我，不走。」

她強行動起有些僵硬的臉頰，甚至還成功地擠出了笑容。

她不讓他問為什麼。因為這事就是再明白不過了嘛。

「誰叫你打算留下來。」

「……」

他，什麼話都不說。

「看吧？果然。你每次為難的時候就會不說話，從以前就是這樣。」

「……不會只是沒命這麼簡單。」

「嗯，我想也是。」

她盡力裝作平靜，點了點頭。

他也盡可能裝得平靜，以更加平淡的嗓音說：

「我，看過。」

「……嗯。」

她並不是不懂他話中的含意。

他是為了什麼而戰，又是為了什麼而一直做著這樣的事？

她並不是不懂。

「相信這個群體，遲早會被討伐。」

他以開導幼童似的口氣說了。

「……可是，別以為能得救。就算到時候還活著，心也會死。」

——我也，不認為自己救得了妳。

他的言外之意是如此明顯的威脅，讓她忍不住笑了出來。

因此，即便他說的當然是實話。但……

沒錯，但——

「所以，妳必須走。」

「就說我不要了嘛。」

為什麼即使處在這樣的狀況下，知道有個人掛念著自己，還是會如此令人高興呢？

所以，她非得回報他不可。非得讓他了解不可。

「因為，我就是不想再有第二次嘛。」

話語自然而然地逸出。

「這樣豈不是會弄得無家可歸……會讓你無家可歸。」

© Noboru Kannatuki

她接著在心中暗自補上一句。

——雖然也不只是你一個人啦。

她也已經沒有別的地方了。

除了這裡之外，沒有其他可以稱為故鄉的地方。

沒錯，雖然不知道可不可以這麼稱呼這裡，但，即使是過了十年之後的現在……

「……」

他茫然看著她。

從鐵盔裡頭，從黑暗中，視線直指她的眼睛。

被他這麼直視，她心中突然湧出一種火燒般的羞恥。

她忍不住撇開雙眸，胡亂張望，臉紅地低下頭。

儘管覺得沒出息，但還是接連冒出許多像是在辯解的話。

「而、而且，你想想，就算去避難，要是家畜、牛啦、羊啦，都沒了的話，你懂吧？」

「……」

「之後就會，呃，所以，這個……」

「……」

是嗎？他喃喃說了這句話。嗯。她也小聲應了一句。

「真的，對不起喔。其實，我也有自覺，知道自己是在任性。」

「……別露出這種表情。放心吧。」

牧牛妹忍不住笑了。那是一種眼角還噙著淚水的，窩囊的笑容。

他竟然會說這種話，相信現在自己臉上的表情一定很糟。

「我會盡力而為。」

他——哥布林殺手，說完就轉身背向她。

他關上門，走過走廊，去到屋外。

他把整個牧場巡了一圈，牢牢記住，然後走上通往城鎮的道路。

他心想：真是離譜。

只要逃到鎮上去就好了。

又或者是，只要把她打昏、綁起來，送去別的地方就好了。

之所以不這麼做，不讓自己這麼做……

全是因為他不希望這麼做。

因為他再也不想，讓她哭泣。

「男孩子得要保護女孩子才行……是吧。」

「……喂。」

他自言自語，卻有人應聲。

哥布林殺手的去路上，有著一臉嚴肅不語、雙手抱胸的牧場主人身影。

不小心被聽見了……不，也許本來就聽得見。

「……至少打聲招呼，再走。」

牧場主人瞪著他，忿忿地撂下這句話。他心想：有道理。

自己一直在給他們添麻煩，一直在依賴他們。

「對不起，我——……」

「那丫頭，是個好孩子。」

他正要道歉，牧場主人就制止他，一臉嚴肅地說了。

仔細一看，牧場主人的表情苦澀，好不容易才擠出話來。

「她長成了一個好孩子。」

「……是啊。」

「所以，不准惹她哭。」

哥布林殺手不知道該怎麼回答，只好不說話。

如果只是用言語回答就可以，要怎麼說都行。只要動動舌頭，讓喉嚨震動就行。

但他一再猶豫，最後仍避免說出謊言。

「……我會，努力。」

我就是討厭你這種地方——他背負著這句低喃，邁出了腳步。

§

冒險者公會再度恢復熱鬧。

熙熙攘攘的喧囂，武具碰出的聲響，笑聲。

因為趕赴對抗混沌之戰的人們回來了。

當然也有些人並未歸來。

但這些事不會被人提起。

沒現身的人，是在遺跡、洞窟、原野或荒山上，死在怪物的攻擊下。

又或者是去到別的土地發展，再不然就是撈了一票之類的然後決定退休。

沒有人問起這些。消失的人，會在不知不覺間漸漸被人遺忘。

冒險者的末路，往往就是這樣。

所以當這個人碰響搖鈴走進來，倒也沒有太多人注意他。

一名身穿廉價皮甲與鐵盔，手上綁著小小的盾牌，腰間佩著一把不長不短鐵劍的男子。

「哥布林殺手……怎麼？竟然還活著喔？」

長槍手朝他瞥了一眼，調侃了一聲。

其他冒險者的反應也大同小異。

這陣子他並未現身，不知道是接了長期的委託，還是在休假。

每天都會出現然後去獵殺小鬼的人，已經有點像是這個公會特有的風景之一。

哥布林殺手一如往常，踩著大剌剌的腳步，卻並非走向他固定坐的那張椅子。

他甚至也不是走向櫃檯，而是大剌剌踏進等候室的中央。

坐得近的冒險者狐疑地抬頭看著他。

他的臉被鐵盔遮住，看不見表情。

「不好意思，大家聽我說。」

他的聲音低沉而平靜。但一片喧囂之中，他的嗓音卻清楚地迴盪在整個公會內。

這時許多冒險者才終於看向哥布林殺手。

「我有事情要拜託大家。」

一片交頭接耳的聲浪。

「哥布林殺手要拜託人？」

「這可是我第一次聽到他說話啊。」

「而且，他不是專門單獨行動的嗎？」

「不，聽說他最近跟一個女孩子組隊。」

「啊啊，那個瘦瘦的女生啊……說到這，他是不是還跟幾個人組了隊？」

「像是蜥蜴人還有礦人之類的。我還以為那傢伙只對小鬼有興趣呢。」

「除了女神官以外，聽說還帶了個漂亮的森人女孩呢。」

「可惡，我也乾脆去獵殺哥布林吧……」

哥布林殺手環顧四周，依序看向每一個面面相覷、小聲交談的冒險者。

有些人的名字他知道，也有些人的名字他不知道。但，所有人的長相他都見過。

「有一大群哥布林要來了。會來到鎮外的一個牧場。時間多半就在今晚。數目我不清楚。」

他對這樣一群人淡淡地說明。冒險者們的交頭接耳聲更大了。

「但從斥候的腳印很多這點推斷，應該有王在……換言之，應該不下一百隻。」

一百隻哥布林！由王率領!?

這可不是開玩笑。大部分的冒險者，都會接剿滅哥布林的委託做為第一件工作。

雖然也有很多人失敗而死，其中靠運氣或靠實力活下來的人，此時此地才會待在這裡。

他們對於哥布林的可怕——不，應該說是對哥布林的棘手，已經有過切身的體認。

誰會想沒事找事，去跟一大群這種怪物打？

何況還有王……專精的不是戰鬥力，也不是魔力，而是強在統率力的變異種。

這不只是單純的怪物群體，已經可以稱之為哥布林的軍隊了。

相信就連什麼都不知道的新人，也會拒絕這種工作。

樂意挑戰這種事的，也就只有哥布林殺手了。

但就連這個哥布林殺手，都不想單獨應付，這麼說來……

「時間不夠。如果是洞窟裡就罷了，既然是野戰，憑我一人實在寡不敵眾。」

哥布林殺手環視一圈，睥睨四周的冒險者。

「我想請大家幫忙，拜託了。」

他說著一鞠躬。

一瞬間，冒險者公會裡充滿了一片竊竊私語。

「怎麼辦？」

「哪有什麼怎麼辦？」

「哥布林啊……」

「他自己上不就好了？」

「我可不幹。」

「我也是。而且哥布林髒得要命。」

誰都不直接對哥布林殺手說話。

他也始終低著頭，一動也不動。

「……喂。」

所以，當這個低沉的嗓音響起時，冒險者們再度交頭接耳起來。

「你啊，是不是搞錯了什麼？」

是那名使長槍的冒險者。他以犀利的眼神瞪著哥布林殺手。

哥布林殺手靜靜地抬起頭。

「要知道這裡是冒險者公會，我們可是冒險者耶？」

「……」

「我們才沒理由聽你的什麼鬼請求。提出委託啊。換句話說，得要有酬勞。大家說是不是？」

長槍手向四周的冒險者們尋求同意。

「對啊，沒錯。」

「沒錯，我們是冒險者！」

「哪能拿命去做白工！」

接二連三有人對哥布林殺手喊話。

他站著不動，環顧四周。倒也不是在求助。

坐在靠裡頭一張桌旁的妖精弓手滿臉通紅，正要站起，卻被礦人道士他們給拉住。

魔女坐在角落的長椅上，露出難以捉摸的微笑。

朝櫃檯一看，熟識的櫃檯小姐正趕緊跑向裡頭的辦公室。

他察覺自己在尋找女神官的身影，隨即在鐵盔底下，閉上了眼睛。

「嗯，這意見有道理。」

「那當然。所以你就說來聽聽啊。說說你會給出什麼酬勞，讓我們去對付一百隻哥布林。」

已經不再需要猶豫。這種東西，他早在十年前就捨棄了。

聽他問起，哥布林殺手明明白白地說了：

「一切。」

公會內鴉雀無聲。

每個人都不太清楚哥布林殺手這句話的意思。

「酬勞就是我擁有的一切。」

他淡淡地說下去。

這名冒險者說，只要大家願意去跟一百隻哥布林戰鬥，他願意奉上自己的一切。

使長槍的冒險者聳聳肩膀，說道：

「那，如果我叫你把櫃檯小姐給我，你肯嗎？」

「她不是我的東西。」

哥布林殺手面對這句令人嗤之以鼻的臺詞，同樣回答得正經八百。

即使長槍手說「這傢伙真是聽不懂玩笑話」，他也不放在心上。

「酬勞是我的東西，我可以自由定奪的東西。例如裝備、財產、能力、時間，還有——」

「性命？」

對。哥布林殺手點點頭。

「沒錯，性命也算。」

「那，如果我叫你死，你會怎麼做？」

長槍手不禁傻眼，以像是在看一種令人難以置信的物體似的神情這麼說。

他本以為不用想也知道哥布林殺手會怎麼回答，但……

「……不，這我辦不到。」

啊啊，果然啊。緊繃的氣氛微微鬆弛下來。

眾人心想，這個人雖然瘋了，但還是會怕死啊。

「要是我死了，也許有人會哭。有人吩咐過我，要我別讓她哭。」

吞著口水聽得入神的冒險者們面面相覷。

「所以我的性命，似乎不能由我決定怎麼處置。」

使長槍的冒險者吞了吞口水。

他瞪向哥布林殺手的臉。這張臉被鐵盔遮住，看不出表情。

但他仍將視線筆直對上了盔甲裡頭的一雙眼睛。

「……我根本搞不懂你在想什麼。」

「……」

「但你，似乎是玩真的，這我看得出來。」

「對。」

哥布林殺手靜靜地點了點頭。

「我是玩真的。」

「……臭混蛋。」

長槍手發出低吼，用力搔了搔自己的頭髮。

他在哥布林殺手面前踱來踱去，還拿槍的底端敲打地板。

就這樣煩惱了好一會兒，接著嘆了口氣，死心似的開了口：

「我要你的命有屁用……你這臭小子，事後請我喝一杯。」

說著他在哥布林殺手的皮甲上「咚」的打了一拳。

哥布林殺手腳步踉蹌。接著只見這頂鐵盔茫然轉向長槍手的臉。

長槍手回瞪他，像是在說：「怎樣啦？」

「行情就是這樣好不好？銀等級的冒險者好心願意幫你打哥布林欸。你應該感到高興，委託人。」

「……對。」

哥布林殺手生硬地點了點頭。

「……抱歉。謝謝你。」

「別說了別說了，這種話等到我們打贏了再說。」

長槍手瞪大眼睛，尷尬地搔了搔臉頰。

因為他作夢也沒想到竟然會有這麼一天，聽見眼前這個人對他說「謝謝」。

「我、我也去！」

一道堅毅而清新的嗓音迴盪在公會內。

冒險者們的視線一口氣轉了過去。

妖精弓手踢開椅子起身，這時卻「嗚」的一聲發起窘來。一雙長耳朵在搖動。

「……我也，去打哥布林。」

即使如此，儘管說話嗓音變得沙啞，她仍明白地說出了這句話。

接著妖精弓手似乎湧起了勇氣，直線走到哥布林殺手身邊，朝他一指：

「相對的……下次，你要來跟我一起冒險！因為我找到了一個遺跡！」

「好。」

哥布林殺手極其乾脆地點了點頭。妖精弓手的長耳朵豎了起來。

「只要到時還活著，我就接受這要求。」

「這種話不用講出來啦……」

妖精弓手瞪著鐵盔，哼了一聲，然後轉過身去。

「你們兩個也會來吧？」

礦人道士被她問到，一副沒轍的模樣，捻著鬍鬚嘆了一口氣。

「沒辦法……我可不會只要一杯啊，嚙切丸。我要酒桶。給我一整桶酒唄。」

「知道了，我會安排。」

哥布林殺手點點頭。「好啊！」礦人道士心滿意足地拍了拍肚子。

「還有，我也可以跟著去冒險嗎？長耳朵。」

「那當然！我們不是一隊的嗎？」

妖精弓手笑了。礦人道士也哈哈大笑。

「這麼說來，貧僧也非去不可了啊。」

接著蜥蜴僧侶緩緩站起。他用舌頭迅速舔了舔鼻尖。

「啊啊，這沒什麼，不必在意。畢竟是朋友的請託。不過，如果要說酬勞……」

「乳酪嗎。」

「唔。那玩意實在美味。」

「那不是我的東西。但是，那種乳酪，是那座被盯上的牧場生產的。」

「此話當真？既然如此，可就沒道理要放過那些從地底爬出來的惡鬼了啊。」

他點點頭，一雙大眼睛轉了轉，以奇怪的手勢合掌。

哥布林殺手已經知道，這是蜥蜴人特有的幽默。

於是四名冒險者聚集到了哥布林殺手身旁。

長槍手、妖精弓手、礦人道士、蜥蜴僧侶，以及哥布林殺手。

沒看見女神官的身影。

「這樣就是五個人了啊……」

「不對，是，六個人。」

魔女早已無聲無息地站起。

她悠哉地擺動肢體走過去，站到長槍手身旁。

「雖然，搞不好我已經是第七個人了……對吧？」

魔女意深旨遠地說完，從胸口拔出一根長菸管。

「……『印夫拉瑪拉耶（點火）』。」

她將菸管一轉，塞進菸草，用手指點火，然後叼住。

一陣甜膩的煙霧瀰漫在整個公會之中。

剩下的冒險者們心浮氣躁地竊竊私語。

當然他們倒也不是想對牧場見死不救。

然而，也有很多人不想為了微薄的酬勞賣命。

這也難怪，每個人都會愛惜自己的性命。

還需要有人再推一把……

「公、公會方面也有！公會方面也有委託！」

一個活力充沛的聲音，推了這一把。

只見櫃檯小姐抱著一大疊文件衝了出來。

她辮子劇烈擺動，喘著大氣，滿臉通紅。

櫃檯小姐在冒險者們的注目之下，高高舉起了抱來的大疊文件。

「每殺一隻哥布林，我們就給予一枚金幣的懸賞金！這可是大好機會呢，各位冒險者！」

喔喔……！冒險者們興奮了起來。

懸賞金當然是由公會支出。這可不只是普通的大方。

她花了多少力氣來說服上司，顯然已經不必多提。

「……嘖，真沒辦法啊。」

在這個情勢下，終於有一名冒險者——重戰士踢開椅子站了起來。

坐在他身旁的女騎士似乎嚇了一跳，抬頭看著他。

「你要去喔？」

「我對什麼哥布林殺手看不順眼……不過既然都有酬勞了，是吧？」

「你這傢伙真不老實。」

女騎士美麗的臉頰一鬆，露出慧黠的微笑。

「你直說出現在你故鄉的哥布林是他剿滅的，不就好了？」

「啊啊，少囉嗦！這不重要，我是想賺那一隻小鬼一枚金幣的酬勞！」

我也是。沒錯，我也是。我欠他人情。幾個人相視點頭，站了起來。

「那妳自己又怎樣？妳先前不是嫌得要死？」

「我可是立志要成為聖騎士耶？既然有人向我求助，當然不會拒絕。」

女騎士賊笑兮兮，讓重戰士也死了心似的笑了。

「沒辦法。既然大哥哥和大姊姊都要去，那我們也去吧？」

「是啊，雖然這也是沒辦法的事……」

「你們幾個，這種話可不能說出來喔。」

重戰士的團隊紛紛互開玩笑，全都站了起來。

「…………我說啊。」

「什麼啦？」

看到他們這樣，新手戰士對見習聖女開了口。

「我，還沒打過哥布林。」

「……是啊。畢竟聽說很危險嘛。」

「可是，我想，差不多該打一打了。」

「……你喔，實在是。」

真拿你沒辦法。聽少女鬧彆扭似的這麼說，少年舉起了手。

看到眾人紛紛加入，有人忽然鬆懈了似的輕舒一口氣。

「……我好歹也是跟他同一天當上冒險者的。這大概也是所謂的緣分吧。」

「少了這個每天一定會露臉說：『哥布林』的傢伙，總覺得怪怪的。」

「雖然有這個傢伙在是覺得很煩，但……少了他，也不太對勁呢，是吧？」

「再說我正好缺錢……一隻哥布林，一枚金幣，不壞。」

「真是的，我還是頭一次遇到脾氣這麼古怪的委託人。」

有人說話。有人點頭。冒險者們接二連三站了起來。

沒錯，他們是冒險者。

胸中有夢想，有志氣，有野心，想為人們而戰。

只是沒有踏出第一步的勇氣。然而，有人推了一把。再也沒有理由遲疑。

剿滅哥布林？好啊。這是他們的工作。既然有委託，那就接吧。

「雖然我們不是夥伴，也不是朋友，但我們是冒險者嘛。」

有一名冒險者舉劍高呼。其他冒險者也跟上。

不拿劍的人，也舉起法杖、長槍、斧頭、弓或拳頭，一起呼喝。

有新手。有老手。

有戰士。有魔法師。有神職人員。有盜賊。

有凡人。有森人。有礦人。有蜥蜴人。有圃人。

聚集在公會的冒險者們異口同聲地大聲呼喊，踏響地板。

哥布林殺手籠罩在這陣怒吼中，緩緩環顧四周。

他和櫃檯小姐對看了一眼。她滿頭大汗，慧黠地閉上一隻眼睛給他看。

哥布林殺手對櫃檯小姐一低頭。他認為應該要對她低頭。

「……真是太好了，對吧？」

身後的人嘻嘻笑了幾聲。

回頭一看，女神官如影隨形地來到哥布林殺手身邊。

這沒什麼。她從一開始就打算跟來。

「……是啊。」

哥布林殺手點了點頭。

這一天，第一次有一大群冒險者，搶著接剿滅哥布林這種稀鬆平常的委託。

第12章 『越過小鬼群的山丘』

漫長的夜晚即將開始。

「GRARARARARA！GRARARARARA！」

哥布林王看準月亮升起，「大白天」來臨的時刻，一聲令下。

嘰嘰嘰的叫嚷聲轉眼間就傳達開來，哥布林軍開始前進。

他們本來躲在草長得很高的草原上，這時一起起身，同時舉起盾牌。

哥布林稱之為人肉盾牌——把捉來的女人或小孩綁在木板上的盾。

這些衣服被剝光的俘虜，一共有十人左右。

他們不時發出呻吟、痙攣，其中也有些人一動也不動。

然而，哥布林對於他們百般凌虐過的俘虜是生是死，根本不當一回事。

重要的是，只要舉起這種盾牌，那些冒險者就會根本不敢發射弓箭或魔法。

即使那些冒險者捉住哥布林，然後同樣拿來當盾牌，其他哥布林也不會有所遲疑。

他們會把敵人連同同伴一起殺了，再大發這股怒氣，把那些冒險者大卸八塊。

哥布林王大聲怪笑，心想那些冒險者實在是笨得可以。

視線所向之處，有著牧場的燈光。更遠方照得燈火輝煌的，則是鎮上的燈光。

那個鎮上有冒險者──冒險者！這個字眼是多麼可恨！

哥布林王早已下定決心。

要將他們一個個，活生生地用木樁串刺殺死。

要先讓他們深深體認到自己對哥布林做了什麼事，然後才殺了他們。

就像那些攻擊他的故鄉，然後因為他還是個小孩，就丟到荒野上的冒險者一樣。

他們將要拿牧場當灘頭堡，進攻市鎮，把那些冒險者殺個精光，繁殖出更多的數目。

最後更要前往那些人族的都城，滅了他們，就在那兒建立哥布林的王國。

這些念頭像是痴人說夢，但對哥布林王而言，卻無疑是很實際的計畫。

哥布林王是高階種，低階種的哥布林無法理解他的思考。

然而，他們心中仍然有著洶湧翻騰的憤怒、仇恨與欲望。

先前的偵察，讓他們得知那座牧場裡除了牛羊等肉類來源之外，還有個年輕女子。

他們撥開草原前進的腳步，也就顯得血氣方剛。

很快的，牧場的燈光近了。之後只要一口氣進攻就好了。

就在這個時候。

「GRUUU？」

忽然間一陣氣味甜膩的霧氣籠罩住草原，打頭陣的舉盾哥布林衝了進去。

舉著肉盾的哥布林身體忽然傾斜，往前撲倒。

一隻，又是一隻，舉盾的哥布林接連倒下。

哥布林王嚇了一跳，一眨眼間，有個黑影從牧場柵欄後頭衝了出來。

——是冒險者！施魔法！

「GAAAU！」

哥布林王以尖銳的聲調大喊。

「GAUGARR！」

哥布林薩滿揮動法杖，大喊了幾句話，就施放出一道閃電，擊中冒險者胸口。

但趁著一名冒險者倒地的當下，剩下的冒險者們轉眼間就拉近距離，扛起了人肉盾牌。

他們對哥布林看也不看一眼，立刻拔腿就往後跑。

薩滿再度揮動法杖，開始詠唱咒語，想攻擊逃走的冒險者。

「GAAA!?」

一枝尖銳的箭插上了他的胸口。

薩滿連連張嘴，往後一倒，就此斃命。

哥布林晚上看得見東西，立刻找到了射手的身影。

就在牧場內的一棵樹上——是個森人。是森人射手。

一群哥布林弓兵連忙以短弓回射，但她嗤之以鼻，往下跳進草叢中。

等扛起人肉盾牌的冒險者們越過柵欄撤退後，接著上前的則是一群武裝冒險者。

他們帶響身上的武具，放低姿勢，直線往哥布林軍衝鋒。

「GORRRR！」

哥布林王趕緊喝叱部隊，下令迎擊，但他們的意識仍是一片朦朧。

斷斷續續有「眠雲(Sleep)」飛來，哥布林意識不清，隨即被箭射中。

「真是的，竟然用這種『盾牌』，品味是有多糟糕……」

妖精弓手一邊以透出厭惡的表情冷嘲熱諷，一邊奔馳在原野上，有如風一般地放箭。

對森人而言，射箭就和呼吸一樣，即使閉上眼睛也射得中。

哥布林士兵就像稻草迎風，接連遭到射殺。

就整體而言，射殺的數量沒什麼大不了，但仍然確實地逐步削減著他們的戰力。

「我幹掉了幾個施法者！」

「好啊，大撈一筆的時候到啦，大家上！」

「呀喝！金幣自己送上門來囉！」

哥布林軍陷入混亂，尚未重整態勢，冒險者們就完成了接敵。

這樣一來，雙方都再也無法使用有可能把自己人牽連進去的魔法。

冒險者這方面本來就不願意牽連自己人，但就連那些哥布林，也不例外。

他們不介意同伴當盾牌而死，但保護自己的盾牌變少，就會覺得傷腦筋。

而且即使想施法術，哥布林終究是哥布林，他們本性膽小又卑鄙。

於是一場亂戰開始了。

刀劍交擊聲響徹四周，血腥味飛過夜晚的草原。哀號、慘叫、戰吼。

其中摻進了武具碰出的響聲，每當一隻或一人倒斃，影子就減少一個。

「真是的，多成這樣，實在令人煩躁吶！」

長槍手哈哈大笑，掃過好幾隻哥布林的腳。

蜥蜴僧侶以跳舞般的動作，撲上去刺死被放倒的哥布林。

「也是，畢竟連小鬼殺手兄都舉手投降，當然會這樣了。」

「這些都，無所謂……可是，不要跑出『避箭(Deflect Missile)』的範圍，知道嗎？」

拿著法杖的魔女，喘得豐滿的胸部不斷晃動，接連施展法術。

她身旁則有早已用光「酩酊」的礦人道士，正在甩動投石索。

「受不了，嚙切丸說得沒錯，這要是只有一個人，手腳和法術都不夠用啊。」

從甩到底的投石索擲出的石頭，畫出美妙的拋物線，擊碎了一隻哥布林的頭蓋骨。

「呵，這下可就連瞄都不用……唔！」

礦人一句話說到一半，犀利地瞇起眼睛。妖精弓手最先察覺他的異狀，吼道：

「礦人，怎麼了！」

「長耳朵，騎兵(Rider)要來啦！是那些哥布林的騎手！」

兩輪明月之下，遠方傳來的狼嚎迴盪在草原上。

一群跨坐在灰色巨狼身上的哥布林，揮著劍衝了過來。

「射擊！不要讓他們接近！」

「好啊，排槍陣！不要讓他們跨過來！」

長槍手一聲令下，待在附近的冒險者們就組成隊伍，各自舉起自己的武器。

狼群無視箭雨躍起。冒險者們朝著狼群露出的腹部，猛力揮出刀刃。

刺耳的慘叫。噪音。

「喔咕啊啊啊!?」

一名冒險者抵擋不住衝鋒而被按倒，咽喉被咬住。

但許多狼都被武器刺殺，背上的哥布林也被甩下。

「各位，我們上！」

蜥蜴僧侶發出吼聲揮刀砍去，砍掉了落狼的騎手首級。

他身為戰鬥民族的僧侶，不時以尖銳的聲調呼喊像是蜥蜴人禱詞的話。

——若從結論說起，冒險者們的這場戰鬥進行得極為有利。

本來只要是正面迎敵，那麼除非運氣太差，否則冒險者沒有理由會打輸小鬼。再者……

他說：『要埋伏。他們習慣奇襲，卻不習慣被奇襲。』

他說：『要壓低姿勢。瞄準腳下攻擊。他們個子小，但是不會飛。』

他說：『他們肯定會用人肉盾牌。先施展催眠法術，然後趁機救人。』

他說：『當下就算覺得殺得了這些小鬼，也別出手。一旦醒來反而麻煩。』

他說：『別施展攻擊法術，把次數留給其他法術。』

他說：『劍、槍、箭、斧，各種武器都殺得了他們。法術留來做武器做不到的事。』

他說：『一開始就要先擊潰施法者。』

他說：『不要被繞到背後。要隨時移動，揮武器的動作要小。要維持住體力。』

他說——……

哥布林殺手的戰術悉數收到立竿見影的功效，讓冒險者們都不禁咋舌。

冒險者雖然不是士兵，卻也懂得戰術。但他們從來不曾「徹底針對小鬼」來研擬

© Noboru Kannatuki

戰術。

雖然一再強調，但老手自不用提，即使對新手冒險者而言，小鬼都是弱小的敵人。

「真是的！不但能賺錢，還能好好表現給她看，那我怎麼能不幹！」

因此只要像這樣擬定對策，營造出一對一的戰況，哥布林根本不是對手。

只要長槍手與其他戰士們揮動武器縱橫衝殺，小鬼們的首級就接連飛起。

但這時他們看見遠處有個背負月亮站著的影子聳立起來。

「出來啦！鄉巴佬──不對，是別的!?」

「GURAURAURAURAU！」

這陣低沉的吼叫，迴盪在腥風血雨的戰場上。

一個身軀高大得幾乎令人誤認為巨魔，手上棍棒沾滿鮮血與腦漿的──小鬼英雄（Champion）。

出現的雖是哥布林，卻強大得有可能左右整場戰鬥的走向。

但看到這種大獵物還不心動，就有辱冒險者的名號。

「好啊！大獵物來啦！我正好打小兵打得煩了呢！」

重戰士露出凶猛的笑容，背著武器率先上前。

女騎士舉起盾牌，一副嫌麻煩的模樣跟在他身後。

「真是的，我正忙著數拿下的哥布林首級呢……」

「別說那麼多，陪我就對了！」

「好好好，真拿你沒辦法。」

他們一邊拌嘴，一邊高高興興地投身於戰鬥之中。

武器呼嘯飛舞，血花四濺，平原上四處上演大同小異的光景之下……

「不過啊，說要打的當事人自己跑哪兒去啦？」

長槍手略做喘息，用狼的毛皮擦拭沾滿血的長槍，呼出一口氣。

畢竟草原的遠方，又有新的黑影隆起。

是那些哥布林的增援。要是不調整好呼吸就危險了。他將長槍一轉，重新擺好架式。

「哎呀。你又不是，不知道，他是誰……對吧？」

魔女以勾人的聲音輕聲細語，從長菸管深深吸一口煙，輕輕一吹。

桃色的甜膩氣體乘著風飄去，擾亂嗅到這些氣體的哥布林五感。

從這麼遠的地方看去，也看得出增援的哥布林動作變得遲鈍。

「是啊，想也知道吧。」

妖精弓手一邊對那些昏昏沉沉的哥布林拉弓，一邊笑著說了。

「——當然是去殺(Slay)哥布林了。」

§

——為什麼會弄成這樣？

哥布林王連滾帶爬地奔跑。

一看出沒有勝算，他立刻拔腿就跑，離開戰場。

背後傳來刀劍交擊聲、慘叫聲、魔法的聲響。

相信也有些慘叫是冒險者發出的，但大多都來自哥布林。

本來這場戰鬥，是一次為了確實拿下灘頭堡而進行的奇襲。然而……

——本來我們應該是掠奪的一方。為什麼卻會弄成這樣？

那個群體已經不行了。既然受到那支部隊阻撓，再待下去也沒有好處。

只要自己活下來就好。

就先回到巢穴，用那些女俘虜來繁殖，然後再度挑戰吧。

就和第一次一樣。

這個被稱為哥布林王的哥布林，是「過客」。

是一個被冒險者殲滅的巢穴中，唯一的生還者。

可以說他的一切，都是為了殺死冒險者而存在。

——這件事，並不是，那麼困難。

那個因為他是小孩就輕忽大意，轉身背向他的女冒險者，就被他第一個下了毒手。

他學到只要拿一塊石頭全力毆打頭部，他們就會立刻安分下來。

知道棍棒更好用之後，就改用棍棒。接著更學會運用武器，穿戴鎧甲。

知道那些冒險者們會組隊後，也構思了有效指揮群體的方法。

那段流離失所的漫長日子，將他的身體與智慧，都鍛鍊到了足以勝過凡人戰士的地步。

不知不覺間，他開始被稱為王者（Lord）。

這次的事，也是一樣。

哥布林王在兩個月亮下，背對戰場，拚命飛奔。

他撥開草原上的草，蹬著地，跑向森林。跑向森林之中。裡頭有洞窟，有他的巢穴。

他失敗了。可是，只要自己活下來，就還有下一次。

記取教訓，用女人繁殖同胞，下次要做得漂亮。下次一定要……

「……我早知道你在打這個主意。」

一個冰冷而無機的平淡嗓音，擋在他的去路上。

哥布林王不由得停下腳步。他慢慢舉起手上的戰斧。

這人就佇立在眼前的暗處。

來人身穿廉價的皮甲與鐵盔，左手綁著小小的盾牌，右手拿著一把不長不短的劍。

全身沾滿了紅黑色的血，站在令人作嘔的血泊上。

「蠢貨。大軍就該用來當聲東擊西的幌子。」

王雖非精通，但仍聽懂了這句共通語。

他不知道這個冒險者是什麼人。

但他清楚理解到這個人做了什麼事。

「你的故鄉，已經沒了。」

「ORGRRRRRRRR！」

王發出咆哮，朝哥布林殺手撲了過去。

戰斧以恨不得劈碎頭蓋骨的力道揮出，哥布林殺手用盾牌擋住。

金屬猛力撞擊的劇烈聲響。

哥布林殺手盾牌重重一甩，彈開斧頭後，尖銳地挺劍一刺。

「唔……！」

一聲低呼。

© Noboru Kannatuki

劍尖埋進王的胸口，傳回的卻是堅硬的手感。是胸甲。

他並未因此動搖，但仍一瞬間動作僵硬，戰斧已經橫掃而來。

他急中生智，往旁跳開後滾倒在草地上，躲過這一斧。接著單膝跪地，重重呼出一口氣。

「……」

哥布林殺手站起來，把劍握在手上一轉，舉盾擺好架式。

「GRRRR……」

王下流地笑了笑，用雙手握緊戰斧。

力氣與武器，都有著壓倒性的差距。

先前的負傷。一個月的休假。雖說是不可或缺的，然而……

哥布林殺手充分理解到自己的身手已經生疏。

但這不成問題——不可以當成問題。

站在眼前的是哥布林。光是這一點，對他就太足夠了。

「……！」

哥布林殺手就像離弦的箭，朝王飛奔過去。

他壓低身子，左手扯下一把草，撒了過去。

王揮開鋪滿整個視野的草葉這瞬間，他揮出了劍。

鮮血四濺。慘叫。

「GARUARARARA!?」

王眉心流血，大聲哀號，胡亂揮動戰斧。

哥布林殺手還來不及咂舌暗罵這一劍砍得太淺，身體就受到一陣衝擊。

一種雙腳離地的飄浮感，以及衝擊與劇痛。

「嘎，哈……！」

他背部重摔在地，空氣從肺裡洩出。低頭一看，盾牌已經半碎裂。

即使感覺變得生疏，身體卻不會忘記已經記住的動作。

反射性舉起的盾牌，再度救了他的命。

「……我不擅長，正面對打吶。」

哥布林殺手喃喃撂下這句話，拿劍當枴杖撐起身體。

「GAROOO！」

王不放過這個破綻，舉起戰斧，踏開草葉衝了過來。

哥布林殺手微微點頭。

他高高舉起劍，將半碎裂的盾牌舉到身前，劍尖指向王。

下個瞬間，哥布林殺手蹬地飛奔。

王的戰斧直逼而來。他主動迎上去硬碰硬，同時刺出了劍。

劇烈撞擊。

哥布林殺手的盾牌完全碎了。

王的戰斧順勢半砍進他的下臂，再度將哥布林殺手打得離地。

相對的，哥布林殺手的劍則在交錯之際，撕裂了王的腹部。

鮮血溢出，飛濺在夜晚的草原上。

「GAU……」

然而，離致命傷還很遙遠。王不高興地皺起眉頭。

「嗚、咕……!?」

哥布林殺手再度重摔在地，掙扎著想站起。

然而，他站不起來。即使想找東西支撐，劍也已經攔腰折斷。

「GURR。」

王覺得無趣地哼了一聲。

但不管怎麼說，他都是殺死同胞的仇敵。就砍下他的手腳，釘到柱子上示眾，直到他沒命為止吧。

哥布林王想像出這黑暗的未來，大聲狂笑，故意吊人胃口似的走上前。

哥布林殺手一動也不動，王朝他的頭盔踢了一腳。

「……」

要說不順眼，的確看不順眼。獵物死到臨頭時，總該覺得害怕。

然而，算了，不重要。

死了就會結束。一切都會結束。今晚只要殘酷地給予死亡，就這麼算了吧。

王緩緩舉起戰斧……

——嘎。

下一瞬間，戰斧卡到了東西。

「GAU……？」

是碰到樹幹了嗎？王狐疑地察看背後。

然而，那兒什麼都沒有。空無一物。

只剩稍遠的距離外才有樹。

「GA、RRRR……⁉」

王心想這次真的就要劈下去，卻察覺到斧頭一動也不動。

不，連王的軀幹本身都變得一動也不動。

全身被某種物體用力擠壓。

就像被一種看不見的牆壁夾住。

「GA、GAO……⁉」

王無法動彈，混亂中視線亂飄。

怎麼了？發生，什麼事了……!?

「『慈悲為懷的地母神呀，請以您的大地之力，保護脆弱的我等』……！」

回答他的，是一段有如神蹟般朗朗念誦，聽來十分清新的祈禱。

一名嬌小的少女，從草叢中走出來。

她額頭冒汗，顫抖的手上握著錫杖。

一名拚命向地母神祈禱的女神官。

——原來是這丫頭幹的好事嗎！

「GAAAUAUAUAUAUAUA！」

哥布林王把所有他會的難聽話，都朝女神官吼了出去。

看我拔掉妳四肢豢養起來，讓妳求死不能。不，看我用木樁從妳的屁股直穿到嘴巴。

看我把妳的手指一根根折斷。還是乾脆燒了妳的臉？

這小丫頭看起來就很軟弱，只要稍加威脅，多半立刻就會屈服……

「……！」

但事實並非如此。

女神官仍然蒼白著臉，咬緊嘴脣，拚命挺出顫動的錫杖。

王急了。

「ＧＡ、ＲＯ……？」

——這小丫頭，也許不可貌相。

王想到這於是改口，以哀求的聲音求饒。

我再也不會做這種事了。是我們錯了。

我會回到森林森處，安分地度過餘生，再也不會出現在有人居住的地方。

還請饒了我。求求妳。

王用生澀的共通語說個不停……如果可以，相信他已經拜伏在地。

現在回想起來，當時也是一名女冒險者，放過了王——放過那時還只是尋常哥布林的他。

她對還只是個孩子的王說：「以後再也不可以做這種事囉」，然後就放了他。

只是就在她轉身瞬間，他理所當然地撲了上去，把她千刀萬剮。

以為自己是強者的女子哭嚷著求饒的模樣，讓王心中陰暗的情緒迅速沸騰。

只要活下去，復仇的機會遲早會來臨。

——到時候我就第一個凌虐這小丫頭吧……！

「想得美。」

一道冰冷的嗓音，就像把刀砍在他身上。

「ＧＡ、ＲＲ……!?」

這句話宛如從地底吹過的風，讓王的身心都凍僵了。

哥布林殺手已經緩緩站起。

他一滴滴流出鮮血的左手綁著碎裂的盾牌，右手握著折斷的劍。

他以大剌剌的腳步，走了過來。

王動彈不得，一把劍從側面伸來，抵住他的喉嚨。

「GA……GO……!?」

折斷的劍砍不了東西，也無法突刺。

然而——王的氣管被壓扁，只能以不成聲的咳嗽嚷嚷。

「王……？可笑。」

王拚命掙扎，試圖逃脫。

「你，就是隻哥布林。」

王拚命張開嘴，想吸取空氣。

「只不過是，骯髒的——」

但這些願望不會實現。

「哥布林……！」

王缺氧而發黑的臉伸出舌頭，嘴角不斷冒泡，眼球跳出眼眶。

「而我，則是……」

王在沉入黑暗的意識中開了口。

——這小子，是怎樣？

「專殺小鬼之人（Goblin Slayer）……！」

王的雙眼當場一翻。

成了小鬼之王的怪物痙攣了兩三次，隨即死去。

「……小鬼的首級，一個。」

說出這句話的同時，劍從哥布林的手上落地。

而他整個人就像斷了線似的，往前軟倒……

「哥布林殺手先生！」

女神官拋開錫杖，跑過去抱住了他。

這個沾滿鮮血與泥土，全身穿戴護具的男子身體，沉甸甸地壓在她苗條的手臂上。

「聖壁」晚了一步消失，王的屍體倒在哥布林殺手身旁。

她全不放在心上，檢查哥布林殺手的身體。

左手的傷很深。搞不好已經砍進骨頭。

「請你，不要逞強……！」

「……嗚、咕……」

女神官不顧雙手被血弄髒，也不管他在呻吟，手掌按上傷口。

「『慈悲為懷的地母神呀，請以您的御手撫平此人的傷痛』！」

一種像是在磨耗靈魂，拚了性命、發自內心，且十分迫切的祈禱。

——過去，第一次冒險時發生的那種事，我再也不想看到了。

地母神溫和地接受了她的請求，將指尖伸向哥布林殺手的下臂。

她剩下的最後一次神蹟，就在這裡完成。

他事先吩咐過女神官，要她趁他當誘餌時，用「聖壁」把王堵死。

雙重祈求本來屬於防禦性神蹟的「聖壁」來做為牢籠，這樣的作戰在她眼中已經不足為奇。

但要她施展三道「聖壁」的指示，女神官並未確實遵守。

不能把神蹟用光——也能說她正是受到了這則啟示。

否則，這個奇特、古怪又正經八百的男子的性命，肯定已經在這裡結束。

「……妳啊，我之前，不也說過嗎。」

「哥布林殺手，先生……！」

他以沙啞的嗓音應了聲。女神官眼淚直流。

「我不認為，逞強，就能贏。」

哥布林殺手試著慢慢坐起身。

女神官制止他，用身體從他手臂下方撐起。

女神官拚命支撐住這光是攙扶都很困難的重量。

她以苗條而嬌小的體格，千辛萬苦地把他扛到肩上，拚命站起來。

「……你還說，你沒逞強。哥布林殺手，先生……」

「……」

「請你多，對很多事情……！更留心一點……！」

「這樣啊。」

「……」

「……是我不好。」

女神官眼淚流個不停，哽咽著，連連搖頭。

淚流滿面的少女，一步又一步，牢牢踏穩腳步往前走。

哥布林殺手一邊盡可能不造成她的負擔，一邊淡淡地說道：

「因為我一直很信任妳。」

女神官一邊哭泣，一邊用哭皺的臉笑了。

「……你這個人，真讓人拿你沒轍。」

她想到在第一次冒險中死去的同伴。

也想到現在還在受傷、死去的冒險者們。

想到被殺的哥布林。想到在眼前被殺的哥布林王。

這種種都浮現在女神官的腦海中，但女神官意識到的，是身旁這個人的分量。

攙扶他行走，對她疲憊至極的身體而言是沉重的負擔。

她腳步遲緩，寸步難行。戰場的喧囂很遙遠，鎮上的燈光則在更遠方。

——然而這段路程，走來卻很舒暢。

「為我們的勝利、為牧場、為這個鎮、為冒險者……」

妖精弓手的視線，往聚集在冒險者公會裡這群渾身是傷的冒險者上掃過一圈。

「還有，為了那個每～次每次開口閉口就是哥布林長哥布林短的怪人，乾杯～！」

在妖精弓手的帶領下，冒險者們齊聲歡呼，接連舉起酒杯喝光。

這已經是第五次或第六次乾杯，但冒險者們並不放在心上。

他們在大戰中濺到身上的血都還沒乾，就聚集到冒險者公會來，大肆歡呼慶祝。

這是一場大勝。

一百隻小鬼全軍覆沒。雖然有著各式各樣的高階種，但自然比不上人數充足的冒險者。

當然了，冒險者這方面也並非全無死傷。永遠都有人運氣不好。

正因如此，冒險者們才更加大肆慶祝，這也是為了憑弔幾名戰死者。

因為既然所有人都是自願投身於「冒險」當中，明天可能就輪到自己。

他們把收到戰事結束消息的牧牛妹與牧場主人也拉了進來，宴會開得非常盛大。

至於他，則一如往常，坐在大廳角落，牆邊的那張長椅上。

他的左手垂掛在頸子下面，但幾乎不會痛。

他透過一枚金幣的光輝，看著熱絡的酒宴。

礦人道士拿出祕方火酒給大家喝，新進冒險者喝了一口就嗆得瞪大眼。

他身旁則有龍牙兵跳著奇怪的舞蹈，炒熱宴會氣氛。是蜥蜴僧侶在控制。

櫃檯小姐就像陀螺鼠一樣跑來跑去，長槍手想伸手，卻被魔女用長菸管一敲。

「呀喝！今晚的我可是五枚金幣的女人！有什麼好料儘管端上來！」

「肉！拿肉來！要霜降肉！」

「你、你明明要我陪伴你到最後！難道忘了嗎！我們得去和故鄉的雙親請安……」

「啊啊！夠了！妳根本喝醉了吧！」

「各位冒險者～！我拿追加的酒來了！」

「好啊！妳也一起喝吧！今天我們可是……！」

「啊，要不要買個解毒劑來解宿醉呢？」

「……請給我一瓶。」

他微微瞇起眼睛。

雖然毀了哥布林的巢穴，但對哥布林軍的戰果只有王一個。

因此他的酬勞就只有一枚金幣。

哥布林殺手將這枚金幣，輕輕交到坐在身旁的女神官手中。

起初還笑咪咪的女神官，現在已經把頭靠到他肩膀上，發出輕微的鼾聲。

「她一定很累了吧。」

坐在女神官另一邊的她──牧牛妹，輕輕摸了摸女神官的頭髮。

牧牛妹幫她擦去臉頰上汗漬的模樣，就像姊姊在照顧妹妹似的。

「她是女孩子，你可別讓她太操勞了。」

「嗯。」

他淡然地點點頭。她則噘起嘴脣「哼～？」了一聲。

「你可真體貼……發生什麼事了？」

「沒有。」

他靜靜搖頭。

「跟平常一樣。」

「……這樣啊。」

兩人默默望向其他冒險者們。

冒險者們大吃、大喝、大吵、大笑。

無論是受傷的人、沒受傷的人、立了功的人、沒能有任何表現的人。

所有活下來的冒險者，都為了自己達成的冒險成果而歡喜。

「……謝謝你喔。」

她輕輕說了這麼一聲。

「謝什麼？」

「謝謝你救了我們。」

「……我什麼都沒做。」

他說得十分冷漠。

兩人之間有了一陣沉默。並非令人不悅的沉默。

他們都自認了解對方的心意。

「雖然……」

「嗯？」

脫口而出的低語，令她自然而然歪了歪頭。

「雖然，我還沒得出結論……」

「嗯。」

「但我慢慢想清楚了。」

她靜靜等待他說下去。

他，想了又想，斷斷續續地說了：

「我想，我大概，是想當，冒險者。」

「這樣啊。」

看在她眼裡，他簡直就像個十歲的少年。

但她已經和八歲那時候不一樣，能夠微笑著點點頭。

「你當得上的，一定可以。」

「是嗎。」

「嗯，是啊。」

雖然那多半得等到有朝一日，這世上不再有哥布林……

這時，女神官忽然動了動，眼瞼一顫。她眨了眨眼。

「……嗯，呀……啊……？……!?」

「咦、啊!?我、我睡著了，嗎……!?」

女神官滿臉通紅，手忙腳亂。看到這模樣，她——牧牛妹嘻嘻笑了幾聲。

「啊哈哈，畢竟大家那麼努力，就算累了也是沒辦法啦，沒辦法的。」

「咦，啊，嗚……對、對不起。」

「我不介意。」

「……那麼，我去道個謝囉。」

牧牛妹最後輕輕一摸女神官的頭髮，然後從椅子上起身。

聽到她離去前說的「**今天**你們就慢慢聊吧」這句話，他點點頭，女神官則紅著臉垂首。

「……妳不過去大家那邊，沒關係嗎。」

「沒關係啦……因為我，很開心。」

對於哥布林殺手的這個問題，她也只是連連搖頭。

——這樣下去，不太好。雖然不太清楚，是哪裡不好，但就是不好……！

女神官想也不想就先拍了下手。這也是之前從他身上學到的。

那就是無論任何時候，與其遲了才想出好的計畫，還不如立刻展開行動。

「別、別說我了，哥布林殺手先生，你才沒關係嗎？」

「哪方面。」

「像、像是……錢之類的？」

「沒有問題。」

她的話題轉得未免太露骨。也不知哥布林殺手是否有留意到，他點了點頭回答。

「一開始交涉的酬勞，已經付完了。」

「……？」

「我，請他喝了一杯。」

「啊。」

女神官不由得遮住嘴。

她視線所向之處，正好看到長槍手拔開加點的名酒瓶塞。

魔女則在他身旁一點一點地啜飲，慢慢享受這上等好酒**最先倒出的**一杯。

——……那個人很懂呢。想必。大概吧。

「……你還真是，很會精打細算呢。」

「剿滅哥布林的酬勞行情，本來就很低廉。」

「這樣好嗎？」

「當然好。」

反正剿滅哥布林的酬勞本身是由公會支出，所以他不會吃虧。他這麼喃喃道。

女神官半翻白眼地瞪了他一眼，但他似乎不放在心上，她當然也不是真心責怪。

女神官覺得心情變得很放鬆，輕飄飄的，滿心雀躍。脈搏怦怦然跳得很快。

「……問你喔，哥布林殺手先生。」

「……什麼事。」

「你為什麼，呃，不馬上……委託大家呢？」

何必要在公會做出那麼誇張的舉動？

只要正常地貼出委託，不就好了嗎？

她想到這，問了出來，哥布林殺手隨即板著臉不說話了。

「啊、當然，如果你不想說，那就算了……」

「……不是什麼，大不了的理由。」

他對趕緊補上一句但書的女神官緩緩搖頭，說道。

「**我那個時候，沒有任何人來。**」

他把視線轉向喝酒喝個沒完沒了的冒險者們。

挺身而出的人們。為了剿滅哥布林而拿起武器搏命的人們。

又或者是沒能回到這裡，就這麼死掉的人們。

「這次說不定也會這樣。沒有任何可以肯定的成分。是在碰運氣。」

理由就只是這樣。他低語著，說因為我似乎是個「怪傢伙」。

鐵盔就此沉默。女神官嘆了一口氣。

真的是，拿這個人沒辦法呢。

「——你這麼說就錯了。」

所以女神官開口了。

「只要你開口，我就會幫忙。」

在說什麼傻話呀，她埋怨道。

「不只是我，這個鎮上的冒險者，全部，全～部——」

儘管暗自心想，這個人還真令人沒轍。

「下次，還有下下次，從今以後一直都是。只要你開口，大家就會幫你。」

但仍蘊含由衷的心意。

「──所以，這才不是碰運氣。絕對不是。」

她露出花蕾綻放似的靦腆笑容。

他喃喃說了聲是嗎。

女神官挺起小小的胸膛回答是啊。

──現在，應該就說得出口了吧。

她的胸口跳得就像一陣急鼓，把握緊的手靠到胸前，呼氣。

「……我說啊，哥布林殺手先生。」

自己多半醉了。

因為醉了，所以也沒辦法。

嗯，就當作是這樣吧。這樣就好。

「難得有這機會，我也可以……跟你要酬勞嗎？」

「妳要什麼。」

啊啊，地母神呀，還請賜給我勇氣。

我想要的，就只有足以讓我把短短一句話說出口的勇氣。

吸氣，呼氣。

她直視他的臉孔，然後說：

「請你，脫掉頭盔給我看。」

「……」

他不發一語。

但最後又死了心似的呼出一口氣，手慢慢伸向頭盔。

他解開扣具，脫掉頭盔，把他結束戰鬥後的臉孔，暴露在酒館的燈光下。

「……嘻嘻。」

女神官也不遮掩發紅的臉頰，點了點頭。

「我覺得你這樣比較帥氣喔？」

「……是嗎。」

就在他點了點頭的這時——

「啊啊——！」

一聲幾乎震聾耳朵的大叫，響徹整個公會大廳。

「歐爾克博格脫掉頭盔了——!?太賊了！我都還沒看過他的臉呢！」

轉頭一看，是滿臉通紅的妖精弓手。她甩動一雙長耳朵，手指了過來。

「什麼!?」

「妳說什麼!?」

會錯過這種好機會的人，根本當不了冒險者。

因為要是眼睛不夠利，就無法生存。

喝得正起勁的他們拿著酒杯與餐點，大舉湧了過來，乃是必然會發生的事。

「哇、哇、哇!?這實在有夠難得的耶！」

「咦，是嗎……也許吧。畢竟他也只有頭盔壞掉，或是睡覺的時候，才會主動拿下來。」

「喔喔?這可真是張戰士的臉孔。」

「唔，不愧是嚙切丸。面相不錯啊。」

「?好像在哪見過……?啊啊——可惡！總覺得越看越不順眼！」

「呵呵，果然……意外的，是個美男子……對，吧？」

「喂，哥布林殺手露臉了耶!?」

「把之前的下注表拿來！」

「……明天該不會又有魔神復活吧?」

「虧我還押了大冷門，猜他是女的……！」

「我以為裡頭絕對是哥布林呢……」

「喂~有人押中嗎?請客請客！」

家人、朋友、夥伴、認識的臉孔，不認識的臉孔，全都湧了過來，把他推來擠去的。

身旁被牽連進來的女神官瞪大了眼睛，露出為難的表情看了他一眼，向他求救。

大家吵鬧、喧譁，毫不客氣。

到了明天，多半又會開始過起一如往常的日子。

沒有任何事物改變。一樣都沒有。

然而，

——下次，還有下下次，從今以後一直都是。只要你開口，大家就會幫你。

「……是嗎。」

——所以，這才不是碰運氣。絕對不是。

「真是如此，就太好了。」

他說完——微微一笑。

§

很久很久以前，星光遠比現在更少的時候。

光明、秩序與宿命的諸神，與黑暗、混沌與偶然的諸神，哪一方會支配世界？

他們決定不互毆，而是以骰子決勝負。

諸神一次又一次，一次又一次，擲骰子擲得天昏地暗。

© Noboru Kannatuki

然而始終有輸有贏，無論比了多久，就是分不出勝敗。

很快的，諸神對只擲骰子已經膩了。

於是他們創造出各式各樣的活物，以及他們居住的世界，做為棋子與棋盤。

凡人、森人、礦人、圃人、蜥蜴人、哥布林、巨魔、惡魔。

他們進行冒險，有時獲勝，有時落敗，有時找到寶物，有時找到幸福，逐一死去。

諸神看著這些過程，也跟著喜悅、悲傷、歡笑、哭泣。

曾幾何時，諸神開始會期待棋子們的活躍，衷心喜愛這個世界與他們。

諸神透過打從心底熱中一件事，才首次知道自己擁有「心」。

雖然有時會因為骰子擲出的數字太差而失敗，但這是另一回事。

就在這個時候，一名冒險者出現了。

這名冒險者是個平凡的年輕人。

才能、素質、身世、裝備，一切的一切都沒有什麼特色可言。

是個隨處可見，多不勝數的凡人，戰士，男性。

無論哪個神都很喜歡他，但並未特別對他寄予厚望。

想必他不會拯救世界。
想必他無法改變什麼。
因為他，終究也只是個隨處可見的棋子。

然而，這名冒險者和其他人有些不一樣。
他隨時都在擬定計策、思考、行動、鍛鍊、臨機應變，而且做事非常徹底。
他絕不讓諸神有機會擲骰子。
身世、能力或作弊之類的，都和他無關。
他覺得這些都是狗屁。

就連諸神都對他退避三舍，不知該拿他怎麼辦。
然而，有一次，諸神注意到了。

想必他不會拯救世界。
想必他無法改變什麼。
因為他，終究也只是個隨處可見的棋子。
但他絕不讓諸神有機會擲骰子。

正因如此——就連諸神也無從得知這個冒險者會有什麼樣的結局。

他的戰鬥還在繼續。今天，仍在某處。

後記

大家好，我叫蝸牛くも。

這是我以差勁的文筆拚命寫出的作品。如果能讓各位讀者看得開心，那就太令人欣慰了。

首先我要說一句話。

這個冒險者受了特殊的訓練。未經ＧＭ（Game Master）允許，好孩子請勿模仿。

哥布林殺手這個「有點怪的」冒險者，是從閒聊中誕生的。

在奇幻世界裡只打哥布林的冒險者，會是個什麼樣的冒險者呢？

在閒聊中寫下各種點子，點子串連起來成了作品，再把作品寫成小說投稿……

因為這樣而誕生的作品，能在兩年之後有幸出版，只能說人生實在是充滿了宿命與偶然。

有些人說當初那段閒聊中誕生的點子很有趣。

有些人支持我，要我寫成小說。

有些人對這部作品給予肯定。

若不是有大家的支持，我想我應該沒有辦法走到今天這一步。

我要再次表達由衷的感謝，真的很謝謝大家。

雖然我作夢也沒想到，竟然會發生出版前就確定要推出漫畫版這樣的事態。

人只要活著，就是會發生一些很不得了的事啊。嚇了我一大跳。

要說作夢也沒想到的事，其實還有一件。

有種遊戲叫作ＴＲＰＧ，是一種以紙筆與骰子來進行的遊戲。

拿我自己玩了十年以上、往後也多半會一直玩下去的遊戲當題材，寫成小說。

而且這還成了我的出道作，要是過去的我聽到有人這麼說，想必也不會相信。

過去產生出許許多多的玩家角色，有的活下來，有的死了；有的成功，有的退休。

他們的存在，是我走到這一步的過程中不可或缺的，謹在此由衷獻上感謝。

雖然我以前從來不曾寫過所謂的謝辭，而且要感謝的對象也多到數不清……

首先我要感謝從網頁版就開始看的各位讀者。要不是有你們，我就走不到這一步。

再來是創作方面的朋友們。謝謝你們支持我、給予我評論。多虧大家幫忙。

然後是十年來的遊戲夥伴。謝謝你們，改天我們再來打個殭屍吧。

為本作賦予美妙插畫的神奈月昇老師。角色全都很可愛。太棒啦！

負責漫畫版的黑瀨浩介老師，還請多多指教。

給予我各式各樣指導的責任編輯，還有GA文庫編輯部的各位。

在我不知道的地方參與了本書出版與宣傳工作的各位，非常謝謝你們。

感謝 Steve Jackson 先生與 Ian Livingstone 先生（註6）。

感謝 Gary Gygax 先生與 David Arneson 先生（註7）。

感謝小太刀右京先生與三輪清宗先生（註8）

感謝遊戲書《Sorcery》與TRPG《龍與地下城》、《異界戰記 Chaos Flare》，這些都是曾經改變我人生的作品。

也要感謝現在拿起本書的各位讀者，真的非常謝謝你們。

我會繼續努力，以便日後還有機會相見。還望各位讀者繼續支持。

註6　英國企業家與遊戲設計師，前者曾設計TRPG名作《泛用無界角色扮演系統（Generic Universal RolePlaying System，縮寫為GURPS）》，兩人一起創辦Games Workshop，並自美國引進《龍與地下城》。

註7　兩人合力設計出TRPG經典名作《龍與地下城》。

註8　兩人合力設計出TRPG《異界戰記Chaos Flare》。

那麼，我們後會有期。

蝸牛くも

哥布林殺手
GOBLIN SLAYER!
He does not let anyone roll the dice.

哥布林殺手
GOBLIN SLAYER!
He does not let anyone roll the dice.

浮文字

GOBLIN SLAYER 哥布林殺手 1

（原名：ゴブリンスレイヤー #1）

著　者／蝸牛くも　封面插畫／神奈月昇
譯　者／邱鍾仁　內文校潤／梁瓏
發 行 人／黃鎮隆　副總經理／陳君平
副　理／洪琇菁　國際版權／黃令歡
執行編輯／曾鈺淳　美術編輯／陳又荻
內文排版／謝青秀　企劃宣傳／邱小祐、劉宜蓉
出　版／城邦文化事業股份有限公司　尖端出版
台北市中山區民生東路二段一四一號十樓
電話：（〇二）二五〇〇－七六〇〇　傳真：（〇二）二五〇〇－二六八三
E-mail：7novels@mail2.spp.com.tw
發　行／英屬蓋曼群島商家庭傳媒股份有限公司城邦分公司　尖端出版
台北市中山區民生東路二段一四一號十樓
電話：（〇二）二五〇〇－七六〇〇（代表號）
傳真：（〇二）二五〇〇－一九七九
中彰投以北經銷（含宜花東）／楨彥有限公司
電話：（〇二）八九一九－三三六九
傳真：（〇二）八九一四－五五二四
雲嘉經銷／智豐圖書股份有限公司　嘉義公司
電話：（〇五）二三三－三八五二
傳真：（〇五）二三三－三八六三
南部經銷／智豐圖書股份有限公司　高雄公司
電話：（〇七）三七三－〇〇七九
傳真：（〇七）三七三－〇〇八七
一代匯集／香港九龍旺角塘尾道六十四號龍駒企業大廈十樓B&D室
電話：（八五二）二七八三－八一〇二
傳真：（八五二）二七八二－一五二九
馬新經銷／城邦（馬新）出版集團Cite (M) Sdn. Bhd.
E-mail：cite@cite.com.my
法律顧問／王子文律師　元禾法律事務所
台北市羅斯福路三段三十七號十五樓
二〇一六年八月一版一刷
二〇二〇年三月一版十二刷

版權所有・翻印必究
■本書若有破損、缺頁請寄回當地出版社更換■

GOBLIN SLAYER
Copyright © 2016 Kumo Kagyu
Illustrations Copyright © 2016 Noboru Kannatuki
Chinese translation rights in complex characters arranged with
SB Creative Corp., Tokyo through Japan UNI Agency, Inc., Tokyo

■中文版■

郵購注意事項：

1. 填妥劃撥單資料：帳號：50003021戶名：英屬蓋曼群島商家庭傳媒(股)公司城邦分公司。2. 通信欄內註明訂購書名與冊數。3. 劃撥金額低於500元，請加附掛號郵資50元。如劃撥日起 10～14日，仍未收到書時，請洽劃撥組。劃撥專線TEL：(03) 312-4212 ・ FAX：(03) 322-4621。E-mail：marketing@spp.com.tw

國家圖書館出版品預行編目資料

GOBLIN SLAYER! 哥布林殺手 / 蝸牛くも作 ;
邱鍾仁譯.— 初版. — 臺北市 : 尖端,
2016.08- 冊 ; 公分
譯自 : ゴブリンスレイヤー
ISBN 978-957-10-6705-6(第1冊 : 平裝)

861.57 105008413